안다미로

안다미로

" 그릇에 넘치도록 많이 "

여행자-의 책

서 문

안다미로는 '그릇에 차고 넘치도록'이라는 뜻의 고유어다. 저자들이 이 제목을 찾아내었을 때 그들의 책은 완성되었다.

시작은 동아리를 만들 때부터였다. 동아리 지도 교사는 학생들의 삶이 작품이 되었으면 하는 바람으로 책쓰기 동아리를 만들었다. 하지만 회원이 되겠다는 아이는 없었다. 글쓰기에 관심을 보였던 아이들을 찾아갔지만 모두 고개를 저었다. 틈날 때마다 하루치의 문제집을 풀어야 하는 아이들이 책 쓰기에 시간을 투자하는 것은 쉽지 않은 일이었다. 회원 모집 벽보를 붙이고 한 달이 지나서야 열 명이 채 되지 않는 인원이 모였다.

〈안다미로〉는 평생 읽어왔던 어른들의 책을 옆으로 밀쳐두고, 청소년 저자들이 직접 책을 만들겠다고 마음을 모은 기획물이다. 우리는 어떤 책을 만들 것인가에 대한 구상부터 시작했다. 자신이 어떤 이야기에 관심을 두고 있는지, 사람들은 어떤 책을 만들고 있는지 둘러보는 작업이 이어졌다. 자기가 선택하지 않은 생의 시간표를 세계의 전부로 알던 아이들이 제 삶의 이야기를 직접 써나가는 시간이었다.

중간고사와 기말고사, 그 사이를 빼곡하게 채운 수행평가 일정을 피해 소설을 쓰고 고치는 작업은 쉽지 않았다. 봄, 중간고사가 끝나자마자 첫 이야기를 쏟아냈다. 여름, 방학 내내 서로의 작품을 돌려 읽고 이야기했다. 가을, 각자의 작품을 아우르는 제목과 디자인을 고민했다. 현실과 이상 사이에 선 우리는 자신을 몰아세우지 말자고, 있는 그대로의 나를 쓰면 된다고 서로에게 속삭였다. 하루하루를 쌓아 만든 책은 대구교육청 주관 학생 저자 출판 지원 사업에서 우수작품으로 선정되었고, 책 쓰기의 문을 두드렸던 청소년은 지금 작가가 되어 우리 앞에 섰다.

그러므로 이 책은 저자들이 자신을 작품으로 담아낸 첫 번째 그릇이다. 그 속에는 15세의 눈으로 바라본 세상의 모습과 세상 너머에 대한 상상이 담겨 있다. 자기 삶을 스스로 만들어 가려는 저자들의 이야기 본능은 이제 첫 번째 그릇에 차고 넘쳐, 다시 제 길을 찾아갈 것이다. 그들의 앞날이 기대된다.

지도교사 박신영

Menu

차림상 1 **세상에서 가장 작은 도서관** by 이재은 _____ ₩9
"우리는 시간을 팝니다. 여길 방문하는 사람들의 기억, 장소, 그때의 숨결, 그 모든 것들을요."

차림상 2 **독약처럼 쓴 한약** by 김보민 _____ ₩71
"도미노도 쌓는 것은 힘들지만 무너지는 것은 한순간이잖아."

차림상 3 **너의 비밀** by 김률아 _____ ₩99
"늦어서 미안해. 네가 떠났다는 게 믿기지가 않았어."

차림상 4 **우체국 아저씨, 진태 씨.** by 조현지 _____ ₩113
"이제부터 이 우체국은 다시 새 발걸음을 내딛는다."

| 차림상 5 | 환일야(奐日夜) ^{by 이정하} | ₩141 |

"자, 가자. 멸망이 아닌 혁명으로."

| 차림상 6 | GH프로그래머 ^{by 박시후} | ₩197 |

"이 반복되는 삶 속에서 어제 같은 단물을 기다리며 난 또다시 출근을 한다."

| 차림상 7 | 안녕하세요? 신입 알바생입니다! ^{by 권도훈} | ₩211 |

"나는 언제나 그랬듯이 진심 아닌 진심 같은 건성으로 손님을 환영했다."

| 차림상 8 | 크리스마스에 찾아온 아이 ^{by 박서진} | ₩251 |

"나는 습관성 유산을 진단받았다."

| 후식 | 작가의 말 | ₩273 |

차림상 1 세상에서 가장 작은 도서관

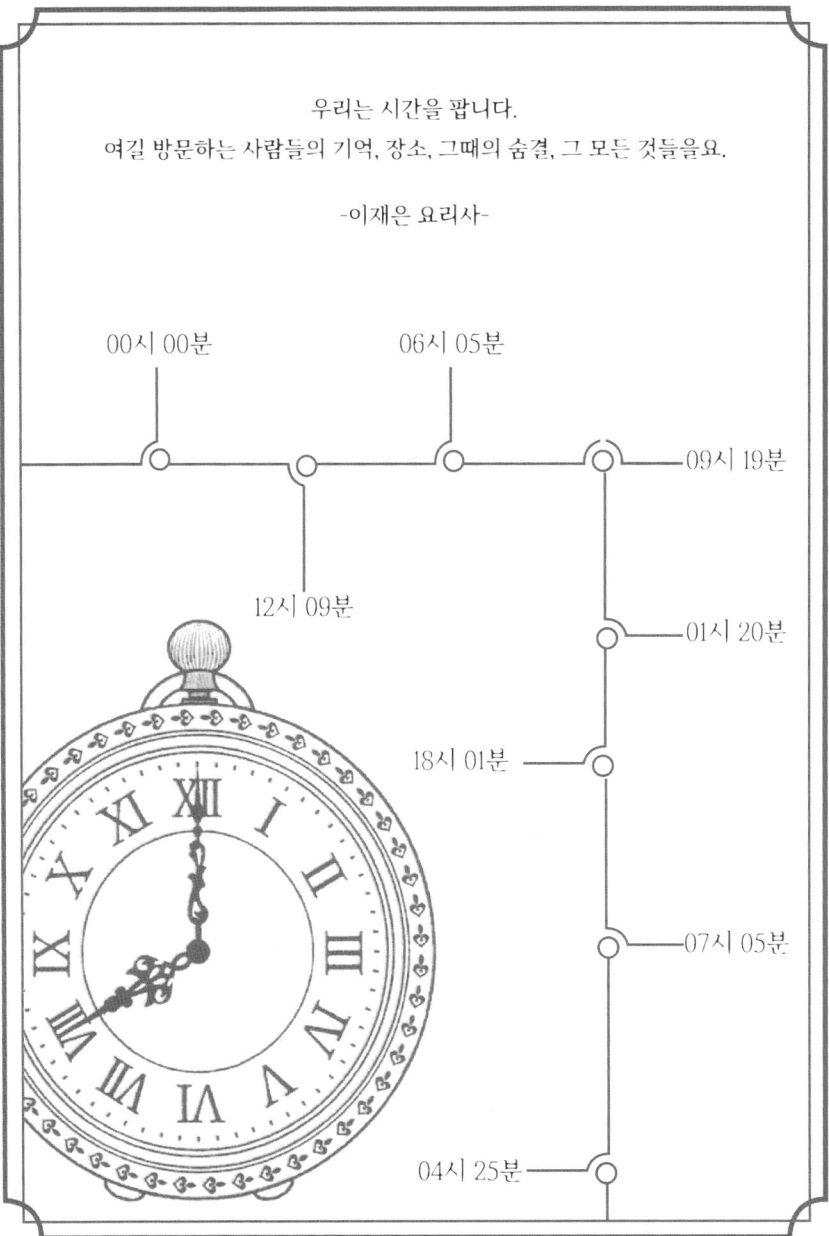

"다 왔네요, 들어갑시다."

나는 아직도 그때를 기억한다. 철제 프레임이 둘러진 작은 창문 너머엔 도무지 잊을 수 없는 광경이 있었다. 수많은 책장 사이를 날아다니며 말하는 책, 그리고 증기를 내뿜으며 움직이는 거대한 기계……. 나를 이곳으로 데려온 남자는 나를 보며 말했다.

"우리는 시간을 팝니다. 여길 방문하는 사람들의 기억, 장소, 그때의 숨결, 그 모든 것들을요."

남자는 의미심장한 말을 내뱉었다. 그리고 지긋이 나를 바라보았다. 그의 새카만 눈동자에 비친 내 모습은 상당히 멍청해 보였다. 나는, 앞으로 이 빌어먹을 서점과 깊게 얽힐 것을 예상할 수 있었다.

00시 00분, 우연

그러니까, 이 일은 전부 우연에서 비롯된 일일지도 모른다.

때는 재작년 즈음이었을 것이다. 10월 중순이라 그런지 날씨가 서늘했고, 더군다나 그날 오전에 비까지 내려 공기도 무거웠다. 느지막이 오후 4시에 집에서 나왔다. 다름 아닌 친구의 부탁 때문이었다.

몇 달 전이었던가, 오랜만에 동창회를 가져 고등학교 때 친했던 친구들을 모두 만나게 되었던 날이다. 대화 소재는 여느 때처럼 무미건조하고 진부한 것들, 주로 취직 이야기나 대학 생활에 관한 이야기. 또 교수 험담도 간간이 들리는 그런 분위기였다. 그런데 그 중에서 나름대로 술에 덜 취한 친구 하나가 말을 걸었다.

"내가 지난주쯤인가에 아르바이트 하나를 구하려 했는데, 영 이상해 보이기도 해서……."

긴말로 시작한 서두와는 달리 내용은 딱히 들을 게 없었다. 자취 문제로 이리저리 다니며 한참 일을 구하고 있던 중에 어떤 서점에서 연락이 왔다는 것이다. 하지만 막상 찾아가 보니 텅 빈 건물만 있었고, 헛걸음친 셈으로 돌아갔는데 다음 날 다시 문자가 오더란다. 본인 말로는 얼떨결에 재차 면접을 잡아버렸다고 했다. 한마디로 직접 가긴 무서워서 그 일을 떠넘길 사람을 구한다는 것이다. 솔직히 일반적인 사람이라면 그다지 내켜 할 제안은 아니다. 그런데, 술김에 이성이 흐려진 나는 덜컥 그 제안을 수락해 버렸던 것 같다. 아침에 일어나보니 서점 주인이라는 사람의 연락처가 보내져 있었으니까. 그로부터 잠시 뒤, 새로 받은 연락처로 문자 하나가 왔다.

'안녕하세요, 면접 다시 보기로 하신 분이죠? 2주 뒤 금요일 오후 5시에 시간 괜찮나요?'

그것에 답장하진 않았다. 박힌 돌도 언젠가는 빠져나가겠지, 하는 생각에서 비롯된 행동이었다. 그런데 갈수록 이상한 일이 벌어졌다. 다니던 카페에서 갑자기 사정이 생겼다며 잘리질 않나, 또 아르바이트하던 편의점에선 작은 불이 나질 않나. 뛰고 있던 아르바이트가 그렇게 단 일주일 만에 대부분 떨어져 나갔다. 나는 미신을 믿지 않지만, 정말 귀신이 곡할 노릇이지 않은가. 그러다 마지막에 내 시선에 밟힌 게 그 서점의 문자였다.

결국 난 속는 셈 치고 그곳으로 가보기로 했다. 마땅한 일자리도 더 이상 없고, 요즘에 일어나는 모든 일의 원인이 전부 그 때문이란 생각이 들었기 때문이었다. 최소한의 사람 구실은 할 정도로 보이는 옷차림을 갖추고서 목적지로 향했다. 그날따라 물안개가 자욱했다. 보도블록의 무늬도 잘 보이지 않을 정도로 짙게 깔린 안개는 왠지 모를 스산함을 안겨주었다. 습기에 손이라도 달린 양 코트를 점점 꿉꿉하게 옭아 죄는 느낌이었다.

딱, 귀신 하나 튀어나와도 이상하지 않을 분위기였다.

걸음을 재촉하며 계속 길을 걸어 나가는데, 저 멀리서 은은한 불빛이 비치는 게 보였다. 가로등과는 사뭇 다른, 좀 더 따스한 빛을 내뿜고 있었다. 조금 더 가까이 다가서자 분명히 알아볼 수 있었다. 그 서점의 간판에 달린 전구 불빛이었다.

밤나무로 만들어진 문을 열자 딸랑, 하는 소리가 들렸다. 문 끝에 달린 알림종이 그 근원이었다. 밑으로 길게 늘어진 종의 줄 끝엔 나무로 조각된 작은 꽃이 대롱거리며 매달려 있었고, 나는 그 움직임이 멎을 때까지 계속 그것을 바라보고 있었다.

"누구시죠?"

자신도 모르게 흠칫 놀라며 내 얼굴 오른쪽을 바라보았다. 한 젊은 남자가 들어오자마자 보이는 계산대에 몸을 기댄 채 나를 바라보고 있던 것이다. 큰 몸집도 한몫하고, 특히 짙은 눈동자가 나를 꿰뚫어 보는 듯해 조금 움츠러들지 않을 수 없었다. 나는 어렵게 입을 열었다.

"면접을 보신다고……."

"아, 그 분이시구나. 잘 찾아오셨네요, 오늘 날씨가 좋진 않았는데. 그렇죠?"

이내 아까보다는 부드러운 미소를 띠며 남자가 날 맞이했다. 코트는 저한테 주세요, 라고 하더니 작은 난로 근처에 있는 옷걸이에 걸어두기까지 했다. 요즘은 보기 힘든 앤티크 난로였다.

"뭐 좀 마시면서 할까요? 식사는 하셨는지 모르겠네요."

남자는 계산대 뒤 가벽으로 세워진 공간으로 들어가서 무언가를 준비하고 있었다. 커피 원두 냄새와 물 따르는 소리가 들리는 걸로 봐선 드립 커피를 따라내고 있는 것 같았다. 덕분에 난 잠시나마 내부를 둘러볼 수 있는 시간을 가질 수 있었다. 겉으로 보기엔 책방보단 카페에 더 가까워 보였다. 그도 그럴 게 책이라고는 일절 찾아볼 수가 없을 뿐더러, 들어서자마자 보이는 것은 편안해 보이는 의자 둘과 낮은 테이블이 전부였기 때문이다. 베이지색 벽지와 은은히 풍기는 설탕과 원두의 냄새는 그 분위기를 조성하는 데에 한몫했다.

"음, 저기?"

어느새 남자는 간단한 다과와 커피를 둔 쟁반을 들고 내 앞에 서 있었다.

"일단 앉아서 이야기하죠."

남자와 나는 그 두 개의 의자에 마주 보고 앉았다. 의자가 테이블만큼이나 낮아서 엉덩이가 훅 꺼지는 느낌을 받으면서 말이다. 그렇게 편하지만은 않은 상황과 분위기 속에서 남자는 나에게 질문을 던지기 시작했다.

"혹시 여기 이외에 뛰는 아르바이트 있어요?"
"아뇨, 지금은 여기 한 군데뿐입니다."

"좋네요.
여기 특성상 시간을 꽤 많이 잡아먹거든요."
"아, 네."

"평소에 독서를 자주 하나요?"
"흥미가 생기는 책은 읽는 편이에요.
거의 다 읽지만."

"그럼 다르게 질문을 해 볼게요.
글을 쓰는 건 좋아하나요?"
"대체로 그런 편이죠."

"앞으로 잘 부탁드리죠.
출근 시간은 서점 살펴보면서 알려드리겠습니다."

이렇게 쉽게 결정될 일인가, 싶었다. 서점이 보통 이 정도로 자유롭게 취직이 가능한 곳이었나? 그렇게 염려하고 긴장한 게 무안해질 정도로 간단히 처리되는 게 아닌가. 나는 얼떨결에 그가 청한 악수를 받아주었다. 창백한 손이 어딘가 더 찜찜했다.

"참, 소개가 늦었군요. 빈센트라고 합니다."
"단이라고 부르세요."

이 서점의 주인처럼 보이는 남자, 빈센트는 서점을 함께 둘러보자고 제안했다. 그에 응하자 나는 드디어 서점을 들어서자마자 보이는 벽면의 문에 대해 알아볼 기회가 생겼다. 고동색 목재에 금색 손잡이가 달린 그 문은 척 보기에도 꽤 오래되어 보였다. 자세히 살펴봤을 때 담쟁이덩굴 같은 식물이 목재 결을 타고 쭉 뻗어 있었으니까. 오른쪽 주머니를 뒤적거리던 빈센트는 열쇠를 꺼내 들고서 열쇠 구멍에 그 끝을 끼워 넣었다. 끼익, 하는 소리와 함께 문이 열리자, 그 밑으로는 끝도 없는 계단이 쭉 펼쳐져 있었다. 한동안 그 가늠할 수 없는 길이를 보고서 입을 벌리고 있다가,

"내려가시죠. 조금 가파르니 주의하세요."

하는 빈센트의 말에 그를 뒤따랐다.

발을 한 칸씩 내디딜 때마다 느낀 것인데, 이 안은 굉장히 어둡다. 계단 층 바닥마다 달린 작은 조명에 의지한 채로 발을 내디뎌야 하는 것이다. 한동안 발을 헛딛지 않도록 주의하며 계단을 내려가는데, 빈센트가 먼저 말을 걸었다.

"나이가 어떻게 돼요?"
"24살입니다."
"전 28살이에요."

"아, 말 편히 하세요."
"아뇨, 괜찮아요.
존대가 편해서 그럽니다."
"음……, 네."
"……."
"……."
"그나저나, 어쩌다가
이 서점으로 오게 되었어요?"
" 친구 소개로 주소지를 받았죠."
"잠깐, 그렇다면 대타로
여기에 오신 겁니까?"

순간 아차 싶어 빈센트를 바라보았다. 걱정과는 다르게, 그의 표정이 미묘하게 바뀌더니 대뜸 웃음을 터뜨렸다.

"하하, 그렇군요. 꽤 인상적입니다."
"예……? 무엇이요?"
"오늘 날씨가 영 좋지 않았으니까요.
간판 불빛도 흐릿해서 못 찾을 줄 알았습니다."
"그랬나요? 나름 눈에 잘 띈다고 생각했는데."
"다른 걸 보진 않았습니까?"
"어……, 다른 것이 있었던 건가요?"
"흠, 글쎄요. 다만 눈에 보이는 것만 믿으면 안 됩니다.
가려진 어떠한 것을 보는 법도 익혀야 하죠.
그것이, 최종적인 목표가 될 겁니다."

대체 무슨?

의미를 알 수 없는 그의 말을 끝으로 대화는 멈추었다. 조금 싸늘해진 분위기에 괜히 눈치가 보이는 가운데, 드디어 목적지에 다다른 듯했다.

"다 왔네요, 들어갑시다."

...

그때에서라도 문을 박차고 뛰어나갔어야 했는데. 나는 아둔하게도 이렇게 말해 버렸다.

"……뭐라고요? 시간을 판다니?"
"정확히는 사람들의 이야기를 직접 책으로 만들어줍니다. 다른 이들의 일생을 살펴보며 우리들만의 '시간'을 찾는 거죠. 사람에 따라 정의하는 게 달라 그렇게 표현하는 겁니다."
"아니, 그게 문제가 아니라……."

그때, 맑은 종소리가 크게 울려 퍼졌다. 그 소리가 무엇인지는 알지 못했다.

"아, 마침. 딱 좋은 타이밍이군요."

그는 싱긋 미소 지으며 그 거대한 기계로 다가갔다.
그것은 오르간처럼 생겼다. 애초에 처음 보는 물체이긴 한데,

그나마 닮은꼴을 찾으면 오르간 같다는 거다. 짙은 갈색의 목재로 만들어진 그 장치엔 수직으로 곧게 뻗은 금속관이 8개 정도, 나란히 뻗어 있었다. 시계가 하나 달려 있었다. 현재 가리키는 시각은 00시 00분. 그게 무엇을 의미하는지는 알 수 없었다. 빈센트는 그 기계의 선반처럼 생긴 공간 밑으로 손을 뻗었다. 끽, 하는 소리가 들리는 걸 봐선 우체통 창구처럼 열리는 수납장인 듯 보였다.

"자, 여기 있습니다."

그는 나에게 책 한 권을 내밀었다. 어째서인지 김이 조금씩 일어나고 있었다. 보라색 벨벳 책 표지에 둘러진 금색 테가 인상적인 책이었다.

"이게 뭔데요?"
"방금 만들어낸 이야기요."

나는 그를 올려다보았다. 이걸 가지고 뭘 어쩌라는 건지.

"오늘은 첫날이니, 별로 특별한 것은 시키지 않겠습니다. 대신 숙제를 하나 내어 드리죠. 이 책을 한 번 읽어오세요. 그 전엔 해고도, 다른 업무도 없습니다."

빈센트는 여전히 웃음 지으며 나를 바라보았다. 그 미소는 어딘가 날 비웃고 있는 듯했다. 어떤 정신머리로 집까지 걸어왔는지는 기억도 나지 않는다. 집에 도착한 뒤 이불 위에 드러누웠다. 그리고

내 손에 들린 이 보라색 책을 물끄러미 바라보았다. 어디를 살펴보아도 제목은 없었다. 그때,

띠리리링-
침대 머리맡에 던져두었던 핸드폰이 요란하게 울렸다. 늦은 시간에 들리는 소음에, 내 손끝은 투덜거리듯 휴대전화를 집어 들었다.

"여보세요. 왜."

통화를 건 사람은 나에게 이 서점 아르바이트를 추천한 친구 녀석이었다.

"야, 오늘 어떻게 됐냐?"

역시나. 처음으로 물어본 건 그것이었다.
그러나 나는 한동안 침묵을 이어갔다. 솔직히 말해야 하나, 하는 고민이 앞서서였다.

"별일 없었어. 네가 말한 거랑은 영 딴판이던데."
"그래, 역······. 잠깐만, 뭐라고?"
"별일 없었다고. 주소 잘못 찾아간 거 아냐?"
"아니, 어······? 그건 아니야, 분명 몇 번이고 확인해 봤다고. 거기서 누굴 만나기나 했어?"
"무슨 안경 낀 남자 하나가 면접을 봐주던데. 서점 주인처럼 보였어."

"……야, 너 뭐에 홀린 거 아냐?"

"뭐라는 거야……. 더 할 말 없으면 끊는다."

"아니, 진심으로! 거기 뭔가 이상해. 분명 내가 갔을 땐 어디 있는지 찾지도 못…….""

"그래, 그래, 그래. 알았어. 어차피 내일 다시 찾아가야 해."

"뭐? 왜? 무슨 일로?"

"……."

'우리는 시간을 팝니다. 여길 방문하는 사람들의 기억, 장소, 그때의 숨결, 그 모든 것들을요.'

단순히 그 말이 계속 떠올라서 그랬을까.

"책 반납하러."

나는 그렇게 말하고 전화를 끊어 버렸다. 그리고 책의 첫 장을 넘겨 읽기 시작했다.

12시 09분, 출근

다음 날, 나는 다시 그 서점을 찾았다.

"어서 오세요, 책은 마음에 드셨나 보군요."

서점의 문을 열고 들어서자마자 빈센트가 보였다. 계산대에서 커피잔을 닦고 있었다.

"그냥저냥 읽을 만했어요."
"음……, 그냥저냥……. 그럴 수 있습니다, 당연히."

순간 그의 미간 사이에 주름이 살짝 찌푸려졌다. 뭘 잘못한 건가 싶었지만, 딱히 걸리는 게 없었다.
"우선, 오늘부터 이곳에서 일하게 되신 걸 축하드립니다. 업무에 관한 건 밑으로 내려가서 설명해 드리죠."
나는 다시금 수많은 책장과 마주했다. 3m는 가볍게 넘는 거대한 책장의 끝이 저 멀리 천장 끝에서 아득히 보였다. 그 크기에 비례하게, 책장에는 각기 다른 모양을 가진 책이 빼곡하게 꽂혀 있었다. 빈센트는 책장 사이를 걸어가며 설명을 시작했다.

"저번에 말했듯, 우리는 사람들의 이야기를 책으로 만들어줍니다. 저 책장을 채우고 있는 것들은 저마다의 고유한 감정, 기억의 형태이죠. 이런 작업을 도와주는 것은 바로 저 기계입니다. 일명 '라프카네슈타트'. 보통 '책 찌는 기계'라고 부르죠."

빈센트가 한쪽 벽면을 다 차지할 정도로 거대한 기계를 가리키며 말했다.
'책 찌는 기계'…….

"책이 원래……, 찔 수 있는 거였나요?"
"뭐, 기계가 돌아갈 때마다 증기가 나와서 붙은 이름이긴 합니다. 여하튼, 우리는 서점의 원고지에 다른 사람들의 이야기를 적습니다. 그들의 이야기를 원고지에 모두 쓴 후에 책 찌는 기계에 넣으면, 기계가 직접 글씨를 보정하고 내용을 재구성해 책으로 만들어냅니다. 또한 직원들은 글을 쓰지 않을 때, 이 수많은 책들을 한 권씩 읽어나갑니다. 물론 거칠고, 무미건조하고, 엉성하게 보일 수도 있지만……. 이는 자연스러운 것입니다. 자기 내면을 완벽히 정리 정돈할 수 있는 인간은 몇 되지 않으니. 그 엉성함마저도 받아들이는 것, 그게 이 서점이 존재하는 요지입니다."

그래서 아까 표정이 조금 좋지 않았던 건가, 하는 생각과 함께 나는 빈센트에게 궁금했던 점을 질문하기 시작했다.

"굳이 사람을 시켜 이야기를 쓰는 이유가 뭐죠? 직접 써 오게 하면 안 되는 건가요."

"되도록 그렇게 하지만, 특정 몇몇을 위한 서비스라고 생각해 주시면 됩니다. 그리고 글의 내용을 가장 잘 기억하는 방법은 소리를 듣거나, 직접 쓰는 것이니까요."

다음 질문은 약간의 용기가 필요했다.

"왜 이런 번거롭고 복잡한 일을 하시는 겁니까?"

그 말을 들은 빈센트 역시 답을 내놓기까지 약간의 시간이 필요했다.

"어제 말씀드렸다시피 우리는 사람들의 '시간'을 파니까요. 그 대상에는 직원인 당신도 속합니다. 이런 번거로운 일을 통해서, 내면을 돌아보고, 공감하며, 더 많은 사람들이 '시간'을 얻도록 돕는 것. 그게 세 목적이자 이 서점이 존재하는 이유입니다."

빈센트는 그렇게 말하며 책장으로 다가갔다. 그리고 그중에서 마음에 드는 것을 골라 보라는 듯, 고개를 살짝 까딱였다. 나는 시선을 책장으로 돌렸다. 어제 읽은 것과 같이 제목이 거의 다 없었다.

"대부분 제목이 없네요."
그러자 빈센트는 빙긋 웃으며 말했다.

"앞서 말한 것과 같죠. 어떻게 이 세상에서 존재하는 감정을 전부 정의할 수 있겠습니까. 물론 수많은 단어와 수식어가 있다고는 해도, 그 복잡 미묘한 것들까지 표현할 순 없지 않겠어요."

나는 한동안 눈동자만 굴리다 새카만 표지가 눈에 띄는 책으로 손을 뻗었다. 책보다는 잡지에 가까운 두께였다. 앞표지에만 적힌 제목은 '무의미함'이었다.

하루는, 굉장히 요상한 꿈을 꾼 적이 있다. 문득 정신이 들고 보니 온통 새카만 곳에 덩그러니 나 혼자만 있는 게 아닌가. 아, 혼자는 아니었다. 자신을 신이라고 소개하는 어떤 희멀건 존재도 같이 있었다. 그 존재는 이 무한한 공간을 꽉 채울 정도로 컸다. 거만하게 드러누워 나를 내려다보고 있었다. 어렴풋이 실실 웃는 것 같기도 했다.

'대뜸 나타나선 상도덕도 없는 건가.'

사실 어느 정도의 미신은 믿었다. 신을 만나면 자신이 정해둔 미래를 이야기해 준다는 말, 소원을 들어준다는 말, 세상의 진리를 알려준다는 말……. 그러나 이 존재는 그저 나를 바라보기만 할 뿐, 아무런 것도 알려줄 생각이 없어 보였다.

"요즘은 다들 호기심이나 감정 같은 게 줄어들었단 말이야, 눈에 띄게……."

아마 내 무미건조한 표정을 보며 말하는 모양이었다.

"그런고로, 난 너한테 한 가지 장난을 걸어보려 한다. 앞으로 네게 불필요한 것 10가지를 앗아갈 거다. 그 대가로, 지금 이 세상의 진리를 알려주지."

내 의사를 듣기도 전에, 그는 이미 말을 끝마쳤다. 신이란 작자가 이렇게까지 가벼워서 될 일인가. 더욱더 진중한 태도를 갖추어야 할 것은 아닌지 의심이 들었다.

"꽤 괜찮은 조건이 아닌가? 너에게 불필요한 것들을 가져가고 세상의 진리를 알려준다는 게. 어찌 됐든 순전히 이득은 네 몫인걸. 게다가 이미 꽤 성공한 인생을 살고 있지 않나."

확실히, 솔깃한 제안은 맞았다. 어린 나이에 대기업에 취직해 사람들의 인정을 받으며 계속 실적을 쌓아갔으니까. 조금 더 현명해지는 것이 어디가 나쁜가.

나는 끝내 고개를 끄덕여 그 제안을 수락했다. 눈을 한 번 감았다 뜨자 내 방의 침대로 다시 돌아와 있었다. 시끄럽게 울리는 알람 소리를 끄려고 침대 헤드에 손을 뻗었다. 샤워를 마치고 옷을 갈아입을 때, 나는 이상함을 느꼈다. 옷장 문 한쪽에 빼곡히 걸려 있던 넥타이가 사라졌다.

'이런 걸 말한 거였나.'

아직까진 약간 거슬리는 정도이다. 그저 미간을 살짝 구기고 서 차에 올라탔다. 회사는 이곳으로부터 15분 거리에 있는 곳이다. 차를 주차하고, 승강기를 타고서 곧장 사무 공간으로 올라갔다. 직장 동료들이 건네는 간단한 인사와 함께 자리에 앉으니, 책상 한쪽 구석에 서류가 어지럽게 널려 있는 걸 보게 되었다.

"지혜 씨, 혹시 여기 책꽂이 못 보셨습니까?"
"네? 책꽂이요? 글쎄요, 잘 모르겠는데……."

'망할.'

속으로 욕설을 내뱉으며 화를 삭였다. 10시까지 제출해야 할 리포트가 이 서류 더미 어딘가에 섞여 있을 터였다. 촉박한 시간에 땀까지 내 가며 겨우 리포트를 찾아 제출했다.
그 후로도 자잘한 물건들이 사라졌다. 분명 방금까지 연필꽂이에 꽂혀 있던 볼펜 여러 개가 갑자기 사라진다거나, 마우스에 연결하는 케이블이 사라지는 정도였다. 덕분에 몇 주, 며칠 동안 창고에 들어가 물건을 뒤적거리는 일이 잦았다. 그러나 일상은 금세 원래대로 돌아왔다. 더 이상 물건을 잃어버리는 일은 없어졌다. 동시에, 그 꿈에서 신과 하나의 계약을 했다는 사실도 서서히 잊어갈 때쯤이었다.

요란하게 전화기가 울렸다.

"여보세요?"

수화기 너머로 들리는 목소리는, 대학 동창의 여동생이었다. 울먹거리는 목소리로 간신히 전해 들은 것은 다음과 같았다.

"오빠 퇴근길에 연쇄 추돌 사고가 났는데……."

그날, 내 연락처에서 한 사람이 지워졌다.

그제야 신과 어떤 약속을 했는지 떠올랐다. '불필요한 것 10가지' 그는 그것을 앗아간다고 했다. 그러나 내 친구의 죽음은? 그의 생명은? 불필요하지 않다. 오히려 소중하다. 한때 잠시 집안이 어려워져 곤란한 상황에 처했을 때 손을 내밀어 준 고마운 친구다. 그런 존재가 왜 나로부터 사라지는가.

시간이 흘러 아내를 맞고 사랑스런 딸을 볼 때까지 쭉 이어간 의구심이다. 그렇기에 새로운 인간관계를 받아들일 때마다 조금씩 불안해지기 시작했다. 문제는 그 불안감이 가시기도 전에, 나는 또 한 번 부딪혀 추락했다는 것이다.

딸아이가 실종되었다. 그 전날 하교하고 집으로 돌아오는 장면이 CCTV에 찍힌 뒤 홀연히 사라졌다. 아직까지도 찾지 못하고 있다. 그저, 어떠한 짐작만 남았을 뿐이다.

"이젠 슬슬 알 때도 안 되었나?"

꽤 깊은 잠을 자다 일어났다. 긴 호스를 단 호흡기가 내 얼굴에 덮여 있었고, 심장박동 측정기에선 일정한 리듬으로 소리가 나고 있었다. 그제야 주위의 것들이 눈에 들어온다. 조금 빳빳한 감이 있는 옷과 이불, 그리고 한쪽 팔에 주렁주렁 달린 링거와 수액. 이 곳은 병원이다. 그리고 내 주위를 둥둥 떠다니는 한 존재는, 그 꿈에서 보았던 '신'이라는 작자다.

'무엇을 말입니까.'
"항상 이상하게 여겼을 그것. 그 의미에 대해 깨달은 게 없나."
'모릅니다, 더 이상 의미 있지도 않고요······.'
"이미 글러먹었군. 좋다, 이 세상의 진리에 대해 알려주마."

나는 다시 눈을 감았다. 그러자 들리지 않았던 목소리가 들려왔다. 작은 속삭임 같기도 한 그것은, 한동안 내 귓가를 간질이다 점차 또렷해져갔다. 자세히 들어보니 전부 나의 목소리다.

"오늘 시간 괜찮냐? 한 잔 하자."
"미안, 이번 주 일이 바빠서. 술은 다음에 마시자."
"그런 거면 어쩔 수 없지. 나중에 보자."

"아빠는 어떻게 딸보다 일이 먼저야?"
"아빠가 이유가 없어서 그런 줄 알아?
네 학원비, 생활비, 교통비 다 챙겨줘야 하는데
넌 그걸 이해를 못 해줘?"

"*그래도 공연 때 온다고는 했잖아, 얼마나 더 거짓말 칠 건데!*"
"그래, 어디 한 번 열심히 연습 해 봐,
다음 달부터 학원부터 끊을 테니까."
"*아빠!*"

"참, 슬슬 넥타이 바꿔야겠네."
"저 커피포트만 없으면 공간 나올 것 같은데……."
"누구 이 볼펜 필요하신 분 계세요?"

"이것이 내가 알려줄 진리다."

나는 탄식했다. 결국에는 이렇게 될 것이었구나. 자신의 능력에 자만했던 지난날이 우습게 여겨진다. 매번 당장의 장애물에만 신경을 곤두세우며 살아왔기에, 정작 가장 필요한 것은 챙기지도 못했다.

서서히 눈이 감겨온다.
이제 남은 것은 고요함과 허무함뿐이다…….

"……그래서, 이야기하고 싶은 게 '소중함'의 정의인 건가요?"
"아마 그럴 겁니다. 꽤 상대적인 개념이죠?"

06시 05분, 집필

시간은 또 꽤나 지나갔다. 이곳에서 하는 일이 책을 읽고, 또 읽고, 계속 읽는 것밖에 없다 보니, 일주일 동안에만 책을 30권은 족히 읽은 것 같다. 그러다 보니 글자를 바라만 봐도 속이 울렁거릴 정도였다. 그것을 빈센트도 모르는 것은 아니었나보다.

"책 읽는 게 부담이 된다면, 집필을 해 보는 건 어떻습니까?"

그는 한 손에 두툼한 원고지를 들고서 맞은편 자리에 앉았다. 힘없이 테이블 위에 엎드려 있던 나는 고개를 들어 빈센트를 바라보았다. 글을 읽는 것에 지친 자에게 펜을 쥐여 주다니. 이게 고문이 아니면 대체 뭐란 말인가.

"글자만 봐도 토할 것 같은데요……."

"아하하. 그렇다면 조금 쉬시죠, 커피도 한 잔 마시면서."
"빈센트는 이곳에 있는 책을 대부분 읽어 보셨나요?"
"3분의 2정도요. 그래서 틈날 때마다 읽고 있습니다. 읽었던 것도 다시."
"굳이요?"
"저도 인간인지라 한 번 본 이야기를 전부 기억하진 못해서 말입니다. 책은 반복해서 읽을 수록 더 좋으니까요."

나로서는 조금 공감하기 힘든 사고방식이었다. 그럴 시간에 조금이라도 새로운 책을 읽는 편이 낫지 않은가.

"여기서 일한 지는 얼마나 되셨나요?"
"흠, 글쎄요. 꽤 오래 됐죠. 이 서점이 지어졌을 때부터 있었으니까."
"그래요? 이제껏 혼자서 여길 관리하신 거예요?"
"아뇨, 직원을 채용해서 함께 일을 처리하고 있습니다."
"아하……. 그럼 제가 첫 직원이겠네요."
"아쉽게도 아닙니다. 직원은 항상 두 명씩 채용하고 있거든요. 단보다 먼저 채용된 사람이 있습니다."
"네? 정말요? 한 번도 마주친 적이 없는데."
"현재 결근하고 있습니다. 아마 곧 얼굴 볼 일이 생기겠죠."
"음……, 그렇군요."

딸랑-
하는, 청량한 벨소리가 들렸다. 나는 불현듯 불안한 예감이 닥쳐왔다.

"아무래도, 쉬는 시간이 끝난 것 같군요."

그는 서점 1층으로 향하는 문의 손잡이를 잡아당기더니, 이내 다시 내 쪽을 돌아보며 멋쩍게 말했다.

"너무 원망스러운 눈빛으로 바라보지는 마세요. 간식거리라도 가져다 드리겠습니다."

서점 문 너머로부터는 누구나 찾아올 수 있으나, 이제껏 방문한 고객들은 대부분 나이가 많은 노인이나 어린 아이였다. 그러나 이번에는 두툼한 목도리를 두른 젊은 여성이 서점으로 찾아왔다.

"어서 오세요, 날씨가 많이 춥죠?"
"네……. 더군다나 오늘은 바람도 엄청 불어서요."
"단, 옷걸이에 옷 걸어드리고 따뜻한 자리에 앉혀드리세요."

빈센트는 나에게 그렇게 지시하고서 계산대 가벽 뒤로 걸어갔다.

"여기, 받으세요."
"감사합니다. 마침 따뜻한 걸 마시고 싶었는데."

온몸을 꽁꽁 싸매고 있던 외투와 목도리를 벗자, 조금 왜소할지라도 당찬 여성이 모습을 드러냈다. 연갈색의 짧게 자른 머리카락이 인상적이었다. 그녀는 빈센트가 건넨 머그컵을 받아들며 감사 인사를 전했다. 김이 모락모락 피어나는 라테를 머금은 여성의 얼굴에 미소가 조금 번졌다.

"와, 맛있어요!"

"입에 맞으시다니 다행입니다. 그럼, 이곳엔 무슨 용건으로 오셨을까요?"

"여기서 무료로 사람들의 책을 만들어준다고 해서 왔는데. 맞나요?"

"네, 맞습니다. 잘 찾아오셨네요."

그러자 여성은 본인이 들고 온 가방에서 두툼한 종이 더미를 꺼내었다. 자세히 보니 원고지 노트였다. 그것은 육안으로 보기에 족히 서너 권은 되는, 제각기 다른 두께를 가진 것이었다.

"혹시 이것도 책으로 만들어 주시나요?"

그 여성은 기대감에 찬 눈빛으로 빈센트를 바라보았으나, 그의 입에서 나온 답변은 실망스럽기 그지없을 것이었다.

"죄송합니다. 전용 원고지가 따로 있어서요."
"아······."

순간 그 여자의 입에서 탄식이 흘러나왔다.

"그럼······, 책은 못 만드는 건가요?"
"음······. 방법이 없는 것은 아니지만, 시간이 꽤 걸릴 겁니다. 이 노트에 적힌 글자를 원고지에 옮겨 적는 것이죠."
"아, 필사 말인가요? 네, 네! 할 수 있어요! 얼마가 걸리더라도 할게요."

"글을 쓰는 것은 이 직원이 도맡을 것입니다."
"예? 빈센트?"
빈센트는 내 등 뒤를 스윽 밀며 그 여자의 앞에 서도록 했다. 나도, 그 사람도 조금 황당하다는 표정으로 빈센트를 바라만 봤다. 빈센트는 웃는 얼굴로 내게 말했다.

"마침 기회가 닿았으니까요."

그 순간에서만큼은 그의 웃는 얼굴이 상당히 고깝게 느껴졌다. 이곳에서 근무한지 꽤 흘렸지만, 단 한 번도 집필을 해 본적은 없었다. 여기서 집필이란 이따금 서점으로 찾아오는 사람들의 이야기를 적는 작업을 일컫는 말이었다. 어찌 보면 필사에 더 가까운 이 작업은 이곳, 서점에 있어 상당히 중요한 일이었다.

그런데 기껏해야 여기서 일한 지 일주일 조금 넘은 사람에게 집필을 시키다니. 경험을 쌓게 해 주려는 건지 몰라도, 나에겐 꽤나 부담이 되었다.

"어, 그럼 전 무슨 일을……?"
"고객께선 본인이 집필하신 글을 다시 읽고, 이 직원에게 그 문장을 읊어 주세요. 그 과정에서 내용을 고치거나 재구성할 수도 있습니다. 오타도 수정하고요."
"아, 네! 잘 부탁드리겠습니다!"

나는 반강제로 빈센트의 손에 이끌려 펜과 원고지를 잡고 자리에 앉았다. 내 맞은편에 앉은 여성은 본인이 들고 온 노트를 차례대로 정리하여 낮은 책상 한쪽 구석에 두었다. 그중 맨 위에 올려두었던 노트를 집어 첫 장을 넘겼다.

"후, 시작할게요."

한 번 심호흡을 한 그녀는 잔잔한 목소리로 그 내용을 읽기 시작했다.

나와 여성은 한 번도 쉬지 않고 그 노트를 읽어나갔다. 가끔씩 빠르게 지나가는 단어를 재차 들려주는 것과 문장을 수정하는 걸 제외하곤, 정말 막힘없이 글을 써 내려갔다. 그 여성의 노트에 빼곡하게 쓰인 것은 다름 아닌 로맨스 소설이었다.

첫 만남은 여느 남녀처럼 평범히, 우연에서 시작된 것이었다.

두 사람은 학교를 다닐 적부터 알고 있던 사이이다. 둘은 방송부원 출신이었다. 남자는 그곳에서 장비를 만지는 엔지니어로, 여자는 주로 마이크를 관리하며 안내 방송을 도맡았다. 서로가 서로를 처음으로 눈여겨 본 계기는 남자의 단순한 장난으로부터 시작된 것이었다.

어느 날, 남자는 혼자 방송실에 남아 컴퓨터를 만지작거리고 있었다. 방송실 문이 잠기지 않은 것을 안 여자는 그 안으로 들어가 남자를 꾸짖었다. 누군가 들어오는 소리를 듣고 급하게 컴퓨터 화면을 끄는 모습이 여간 수상한 게 아니었으니까. 한동안 실랑이를 벌이던 중에, 남자가 먼저 항복을 외치고 그 영상물을 보여주었다. 아직 미완성이었던 그것은 각종 고난도의 시각효과를 선보이고 있었다. 학생 작품치고는 상당히 완성도가 있어 보였다. 여자는 이것이 무슨 영상이냐 묻는다. 남자는 대회에 제출할 영상물이라고 답했다. 평소 이러한 시각 매체에 관심이 많던 여자는 몇 번이고 영상을 돌려본다.

"아, 죄송해요. 방금 문장은 수정할게요."
"어디요? '메리는 그를 바라보며 인상을 조금 찌푸렸다.'요?"
"아뇨, 앞에 있는 '손에 휴대전화가 들려 있는 것이 눈에 들어왔다.', 이 문장이요."
"왜요? 꽤 괜찮은 연출이라고 생각하는데. '찰칵'이라고 의성어 넣은 거랑 잘 이어지잖아요."
"으음……. 그래도 고치는 게 나을 것 같아요."
"뭐, 알겠습니다."

그러나 그 이후 두 사람은 서로 엮이는 일이 없었다. 학교에 다니는 동안, 그저 같은 동아리 부원으로만 남게 된 것이다. 그렇게 어느덧 졸업할 때가 다가왔다. 마지막으로 자신이 몇 년간 머물렀던 학교의 곳곳을 둘러보며 학창시절의 끝을 실감하고 있던 여자는, 그 발걸음의 종착지로 방송실을 선정했다. 아무도 없을 것이란 예상은 빗나갔다. 이번에도 누군가가 그 안에 있었던 것이다. 그렇다, 그것은 남자였다. 처음 봤을 때처럼 컴퓨터로 무언가를 열심히 만들고 있는 모습에, 여자는 은근한 반가움과 웃음으로 남자에게

다가갔다. 컴퓨터 화면 속에 보이는 것은 저번에도 작업하고 있던 영상물이었다. 그러다 남자의 입에서 먼저 반가운 소리가 들렸다.

"이거 방금 다 끝냈는데, 제출하기 전에 먼저 볼래?"

남자는 재생 버튼을 눌렀다. 그리고 이제껏 작업한 결과물이 여자의 눈앞에 비쳤다. 부드러운 분위기의 배경음악과 도형이 통통 튀는 듯한 시각 효과. 그리고 중간 중간 등장하는 이미지는, 아름답게 그려진 여자의 모습이었다. 여자는 화면을 바라보다 흠칫 놀랄 수밖에 없었다. 그리고 남자를 천천히 돌아보자, 남자는 웃음기를 띤 상태로 여자에게 말했다.

"둘 다 커피 마시면서 하세요."
"앗, 감사해요."
"단, 글은 잘 써집니까?"
"……딱 중요한 부분이었어요, 빈센트."
"저런."

'나 너 좋아해.'

그 뒤로는 모두가 희망하는 것처럼 해피엔딩이 기다리고 있었다. 남자는 영상 기획자로, 여자는 라디오 프로그램 PD로서 그 누구보다 잘 어울리는 한 쌍으로 맺어지는, 그런.

"아, 드디어 다 됐다!"
여성은 노트의 마지막 장을 넘기며 환호성을 지르듯 말했다. 나 또한 그런 여성을 보며 성취감과 뿌듯함을 느낄 수 있었다. 빈센트가 테이블 위에 있던 커피잔을 가져갔다. 그리고 나는 여성에게 물었다.

"저기, 이 소설 말이에요."
"네?"
"본인 이야기를 쓴 거죠?"
"……네, 맞아요. 많이 티 나나요?"

여성은 수줍은 듯 키득거리며 대답했다.

"음, 그런데 왜 굳이 그러신 건지 모르겠네요. 여기 책은 들고 갈 수가……."
"아, 이미 사전에 합의한 사항입니다."

빈센트가 가벼워진 양 손으로 우리가 앉아있던 자리로 걸어왔다.

"이 분한테는 그냥 드리면 돼요."

지하에서 푸시이익- 하는 소리가 들리며, 책 찍는 기계가 요란히 돌아갔다. 기계 안에서는 톱니 돌아가는 소리와 종잇장이 팔랑이는 소리가 뒤섞여 윙윙거리듯 들려왔다.

"오늘 정말 감사했습니다! 제 인생에서 최고의 날이 될 거예요."
"만족해주셔서 다행입니다. 부디 가시는 길이 평안하기를."

여성은 품속에 책을 꼭 품고서 다시 두꺼운 코트와 목도리를 집어 들었다. 그리고 손을 크게 흔들며 서점을 나섰다. 나는 그 모습을 한동안 바라보고만 있었다. 그리고 방금까지 같이 앉아 있던 테이블과 근처의 난로를 천천히 눈에 담았다.

"오늘 처음으로 집필한 소감은 어떻습니까?"

빈센트가 내게 물었다. 나는 잠시 고민하다 입을 열었다.

"그냥……, 이별을 저렇게 즐겁게 받아들일 수 있다는 게 신기했어요."

나는 여성이 떠나기 전, 이렇게 물은 바가 있었다.

"그럼 이 책은 누구한테 선물이라도 하는 거예요?"
"음……. 네, 그렇죠?"
"누구한테요? 이 책 속의 남자한테?"
"맞아요. 한동안 긴 여행을 떠나야 하거든요. 그래서 선물해주고 싶어요."

09시 19분, 정청(靜聽)

나는 언젠가부터 사람들의 심장에 말뚝이 박혀 있는 걸 보게 되었다.

때는 고등학교 2학년, 여름방학을 코앞에 둔 시점이었다. 우리 반엔 '민지'라고 하는 여자애 하나가 있었는데, 밝은 성격과 예쁘장한 외모 덕분에 주위에 친구들을 많이 두고 있던 애였다. 쉬는 시간에 소란스럽게 수다를 떠는 그 무리를 힐끗 보았는데, 무리의 중심부에 있던 선아의 가슴팍에 새카만 말뚝이 세 개나 꽂혀 있는 것이었다. 그리고 그 주위의 아이들에게도 제각기 다른 크기와 개수의 말뚝이 박혀 있었다. 의자가 요란하게 넘어졌다. 그리고 우리 반에 있던 아이들은 전부 나를 쳐다봤다.

그게 오직 내 눈에만 보인다는 것을 알게 된 건 얼마 후였다. 그 전까지 나는 다른 사람들이 보기에 미친 사람처럼 당신 심장에 말뚝이 박혀있다며 고래고래 소리 지르는 걸로 보였겠지. 그래도 시간이 흐를수록 점점 그 사실을 인지하고서 적응해 나갔다. 자기 몸에 점이 하나씩 나 있는 것처럼, 눈을 깜빡이는 것처럼. 이것 또한 당연한 사실로 여기며 살아왔다. 그러나 가끔 정말 견디기 힘들 때가 있었는데,

"엄마, 나 왔어요."

이 한마디에 날 돌아보며, 설거지하던 엄마를 보는 것이었다. 다른 사람들에게도 전부 말뚝이 있듯이 우리 가족만 없으리란 법은 없지만, 엄마는 유독 더 심했다.

가슴팍이 새카맣게 보일 정도로 수많은 말뚝이 박혀 있었으니까.

"왔어? 오늘은 또, 이 팀장 개자식이 뭐라고 안 하던?"
"어휴, 레퍼토리는 똑같지. 찌개 끓였어? 냄새 좋다."

엄마 앞에선 애써 웃어 보였다. 내 눈에는 뭐가 보일지라도 엄마한테만큼은 밝은 딸로서 남고 싶었다. 꼭 아버지가 우릴 떠났다는 이유에서가 아니라, 단순히 내가 엄마를 사랑해서였다. 내가 퇴근하고 나서는 엄마는 자주 소파에 앉아 과일을 깎아주었다. 중고로 산 TV에선 일일 드라마가 틀어져 있었고, 나는 냉장고에서 가져온 맥주 한 캔과 함께 옆에 앉아 푸념을 늘어놓기 일쑤였다.

엄마는 표정이 다양했다. 내가 상사를 욕할 때는 같이 역정을 내며 욕을 해주고, 오늘 힘들었다며 울 때는 조용히 나를 안아주었다. 그렇게 울고 웃고 떠들다 보면 그날 하루는 금방 지나갔다. 그러다 나는 문득 엄마에게 이렇게 물었던 적이 있다.

"엄마, 엄마는 아팠던 적이 있어?"

엄마는 무심한 듯이 과일을 깎으며 대답했다.

"당연히 있지. 몸만 아플 때도 있었고, 몸도 마음도 아플 때도 있었고. 많았지."
"언제?"
"……왜, 엄마가 이제야 궁금하디?"

엄마는 장난스럽게 말했을지 몰라도, 나는 잠깐 말을 멈추게 되었다. 열심히 돌아가던 기계의 톱니 두 개가 엇나가는 느낌이라고 해야 할까.

"으음, 첫 번째는 네 아버지 떠난 거. 그때는 서럽다기보단 무서웠어. 이 천둥벌거숭이를 혼자서 잘 키워낼 수는 있을까, 하는? 그런 걱정이 앞섰던 것 같아."

잠자코 엄마의 말에 귀를 기울였다. 시선은 가슴팍에 박힌 수많은 말뚝에 향해 있었다. 지금 이 이야기가 저것들 중에 하나를 차지하고 있을까, 하는 생각과 함께.

"두 번째도 있어?"

"두 번째는……. 아니, 하루는 마트에 갔더니만. 글쎄, 거기서 시부모를 맞닥뜨린 거야, 내가! 보자마자 쌍년이네 뭐네 하더니 너 나 다시 내놓으라면서 난리도 그런 난리가 없다? 그래서 내가 딱 잡아 말했지. 이미 소송 끝났고 내 새끼는 내 새끼다! 하니까 또 뒤집어지고, 말리고…"

이전부터 엄마가 쾌활하고 밝은 사람이라는 것은 알았지만, 이렇게까지 다채로운 사람일 줄은 처음 알았다. 직접 팔을 내저으며 행동까지 몸소 보여주며 계속 이야기를 이어나가는데, 나는 이상한 돌 같은 게 심장 속을 이리저리 굴러다니는 느낌이었다. 그 돌의 이름은 '미안함'이었던 것 같다.

"여하튼, 진짜 다사다난했지."

나는 한동안 열지 못하던 입을 열었다.

"정말 별꼴이네. 그 인간들이 내 조부모였다고? 웃기지도 않아!"

그러자 엄마가 눈을 동그랗게 뜨고 날 한동안 쳐다보았다. 뜻밖에 큰 소리에 나조차도 당황하던 차에, 엄마는 크게 웃음을 터뜨렸다. 이내,

"맞네, 별꼴이지, 정말?"

이라며 맞장구를 치는 게 아닌가. 나는 그 순간을 아직도 기억한다. 엄마의 커다란 말뚝 하나가 쑥 빠지며 사라졌다.

나는 그때부터 사람들의 이야기에 귀를 기울였다. 더 많은 사람의 이야기를 듣고, 웃고, 울고, 화내주기 위해서. 그렇기에 꽤 늦은 나이에 이직이란 것도 했다. 보고서 대신 카메라를 들었다. 사진과 함께 그 사람의 이야기를 적어두는 것은 꽤나 매력적인 일이란 생각이 들었다. 지금은 말뚝이 보이지 않는다. 하지만 나는 여전히 그 말뚝을 바라보며 뽑아내려 애쓰고 있다. 내 어머니, 고희선 씨처럼, 웃고 울고 화내며 누군가의 새벽이 되어주고 있다. 그 작은 것 하나가 다른 이들에겐 무엇보다 특별하리란 것을 알고 있기에, 난 오늘도 말뚝을 바라본다.

01시 20분, 망각

오랜만에 손에 두둑하게 원고지가 잡혔다. 얼핏 읽어봤는데, 어떤 노년의 사업가에 대한 이야기였다. 이따금 TV에 나와 여러 인터뷰나 강의를 한 사람이다. 본인의 투자 요령이나 자금 관리에 대한 솔루션이 대부분의 내용을 차지했다. 중간 중간 들어가는 농담은 조금 썰렁했을지라도, 한 권쯤은 사서 집에 두고 싶은 것이었다.

"빈센트, 이거 기계에 넣을게요!"

확인 사인이 떨어지자마자 나는 곧장 원고지를 투입구에 집어넣었다. 그러자 푹푹 김이 나는 소리가 들리며 톱니바퀴가 요란하게 돌아가기 시작했다. 여러 번 본 일이긴 하나, 아직도 이 안에서 어떻게 책이 만들어지는지는 잘 모르겠다. 그런데 오늘은 조금 달랐다. 금속 관 안에서 끽- 하는 날카로운 소리가 들리더니, 기계 전체가 들썩거릴 정도로 센 진동이 느껴지는 게 아닌가. 나는 서둘러 선반 밑의 창구로 고개를 숙였다. 조금 매캐한 냄새가 나는 증기를 내뱉으며 달랑 종이 몇 장이 팔랑거리고 있었다. 손을 내저으며 잔기침을 흘리던 나는, 흩어진 종이 몇 장을 집어 들고 혼란스러워했다. 그중 글자의 잉크 몇 방울이 찍힌 백지를 제외하니 온전한 것 단 한 장만이 내 손에 남아있었다.

나는 이따금
공원 벤치에 앉아
솜사탕을 먹는다

"이상하네요, 기계가 오작동을 일으키는 경우는 없는데."

내가 빈센트에게 이것을 보여주자 나온 말이었다.

"그렇다 해도 이상하잖아요. 그 수많은 원고지가 달랑 이 종이 하나를 위한 것이었다고요?"

빈센트의 미간 사이에 주름이 깊게 졌다. 한참을 들여다보아도 알 수가 없었다. 그저 기계와 책상 위에 놓인 이 종이를 번갈아 보는 것밖에는.

"솜사탕……, 솜사탕이 상징하는 게 뭘까……."
"진짜 오작동이 아니란 말이에요?"
"오작동은 절대 아닙니다. 글자가 출력된 것은 맞으니까요."

빈센트는 잉크가 묻은 백지와 글자가 적힌 종이를 번갈아 보며 무엇이 문제였는지 계속 생각하는 듯 보였다. 그러다 내 눈에 책상 한쪽 구석에 밀려 있던 종이 하나가 들어왔다. 곧바로 그것을 집어 들어 내용을 확인했다.

"그건 뭐죠?"
"사망진단서……, 인데요."

아, 하며 빈센트가 탄식했다. 무언가 기억난 듯 보였다. 곧 나도 깨달은 바가 있었다.

매뉴얼 14. 고인의 도서에는 사망진단서를 지참한다.

"아까 넘겨줄 때 빠졌던 모양이군요. 한 번 더 확인을 했어야 했는데."

빈센트가 머리를 한 번 쓸어 넘기며 미간 사이를 찌푸렸다. 고인의 책은 사망진단서를 함께 기계에 넣지 않으면 책이 제대로 만들어지지 않는다. 빈센트가 나에게 거듭 강조한 사실이었다. 그러나 그것을

"뭐……, 그래도 마냥 의미가 없는 것 같진 않은데요?"
"어떤 부분에서 말입니까?"
"이번 책을 쓴 사업가요, 비교적 최근에 암 말기 판정을 받았다고 들었거든요. 책 끝부분에 인터뷰 내용이 있는데, 경제적인 성공

보다 다른 걸 쫓았으면 어땠을까 하는 생각이 들었다고 했어요."

"그럼 솜사탕은 두 가지 의미로 해석되는군요. 이미 지나간 삶에 대한 후회와 미련, 또는 소박하고 순수한 행복. 그 정도로 말입니다."

18시 01분, 섬망

'아, 또다.'

어디까지가 땅이고, 어디까지가 하늘인지 모를 새카만 공간에서 눈을 떴다.

내 모습은 물론이고 아무것도 보이지 않는다. 주위를 둘러봐도 달라지는 건 없었다. 꽤 익숙해졌지만, 여전히 앞으로 한 발자국을 내딛기가 어렵다. 그러면 나는 이전처럼 하나의 루틴을 실행한다.

입으로 깊게 숨을 들이마셨다가 내쉰다. 천천히 눈을 감고서 이건 현실이 아니라고 계속 되뇐다. 그러고 있자면 항상 찾아오는 익숙한 냄새. 어딘가 탄 것 같으면서도, 은근한 향기를 품고 있는 그 향.

눈을 떴을 때, 나는 누군가의 장례식장에 와 있게 된다.

향은 아직 길고 곧게 뻗어 있었고, 흰 국화 몇 송이가 헌화대 위에 놓여 있었다. 다행히도 이번엔 까만 눈동자를 부릅뜨고 날 향해 수군거리는 조문객은 없었다. 오직 나와 시뻘건 영정사진이 걸린 분향소뿐이었다.

"단……."

쩍쩍 갈라지는 목소리로 날 부르는 것은 사진 속에 있는 사람이었다. 곧 손도 튀어나오겠지.

"단……."

무언가 찢기는 소리를 내며 사진 속에서 두 손이 튀어나왔다. 이어 구부려진 두 팔과 함께 그 사진은 천천히 날 향해서 다가오기 시작했다. 뒷걸음질 치고 싶어도, 이미 몸은 굳었다.

"날 바라봐주겠니?"

순식간에 내 몸을 타고 올라온 그 사진은 양 손으로 내 옆얼굴을 감싼 채, 그 소름끼치는 검은 눈자위와 마주하게 했다.

"헉!"

일어나보니 이불과 베개는 땀에 절여져 있었다. 숨은 미친 듯이 가빴고, 심장도 너무 세게 뛰어 갈비뼈에 닿을 것만 같았다. 천천히 방 안에 있는 물건들을 눈에 담았다. 꿈에서 깼다는 걸 자각시킬 때 자주 쓰는 방법이었다. 앞머리를 한 번 쓸어 넘기고 핸드폰을 들여다봤다. 10시 37분. 출근 시각보다 조금 지나 있었다.

딸랑-

"어서 오세요, 단. 조금 늦었군요."
"죄송합니다……."

서점에 들어서자 카운터 밖에 서 있는 빈센트가 있었다. 날 계속 기다리고 있었다는 걸 몸소 표현하고 있는 것 같아, 눈치를 보며 서점에 들어설 수밖에 없었다. 속으로는 어젯밤 너무 늦게까지 깨어 있던 것을 후회하면서 말이다. 피곤해지면 악몽을 꾸는 것을 빤히 알면서.

계단을 내려가는 와중에도 머리가 멍했다. 계단 복도는 특히 어두워 층이 잘 보이지도 않는데도, 흐린 눈으로 계속 앞으로 나아가고만 있었다. 이따금 코트 소매가 벽에 부딪혀 쓸리기도 했다. 그러다 직, 하더니 왼쪽 소매가 벽으로 딸려 올라갔다. 그때만큼은 정신이 번쩍 들었다. 코트를 확인해 보니 역시나. 일부분이 터져 실밥이 보기 좋게 튀어나왔다.

"아, 제기랄."
"무슨 일입니까?"

빈센트가 위층으로 통하는 문을 열고서 내게 물었다. 나는 한동안 아무 말도 않았다.

"그냥 웃이 터져서요."

그리고 다시 밑으로 내려갔다. 문이 평소보다 세게 닫히긴 했어도.

손에 검토가 필요한 원고 한 편을 잡고 자리에 앉았으나 쉽게 집중하기가 힘들었다. 잠자리가 사나운 탓이라며 계속 정신을 가다듬어도 딱히 성과가 있진 않았다. 오히려 점점 글자가 왜곡되어 보이고 당장이라도 이 종이 뭉텅이들을 던져버리고 싶어졌다. 그러던 와중, 빈센트가 아래층으로 내려왔다. 양 손은 커피 잔 두 개를 얹은 쟁반을 들고 있었다. 그는 조용히 내 몫의 커피를 내 쪽으로 밀어두고 쟁반을 정리했다. 나는 곧바로 커피 잔을 들어 그 내용물을 마셨다. 쌉쌀하면서도 달큰한 맛에 미약하게나마 이성을 잡을 수 있었다.

다만 문제는, 그 잔을 너무 세게 내려놨단 거다. 약간 남아있던 커피 방울이 원고지에 튀어 버렸다. 나 혼자만 그랬으면 좋았겠지만, 가까운 자리에 앉았던 빈센트의 원고지에도 타원형의 모양으로 커피 자국이 여럿 생긴 게 보였다.

"이런."
"아, 진짜……. 잠깐만요, 휴지 가지고 올게요."
"괜찮습니다, 이 정도는. 오늘따라 실수가 잦으시군요."

별 거 아닌 그 한 마디가 아니꼽게 들린 모양이다.

"실수요?"
"평소보다 조금 서두르시는 것 같아서 말입니다."
"아, 네. 그러시군요."

확실히 신경이 곤두서 있었다. 그건 스스로도 알고 있을 만큼 분명히 드러났다.
"무슨 일 있으십니까?"
"아뇨, 괜찮아요."
"혹시 잠을 잘 못 주무신 건가요."
"괜찮다니까요."
"악몽이라도 꾸셨습니까?"
"괜찮다고!"

엉겁결에 내뱉은 큰 소리는, 넓은 공간 안에 계속 머물며 메아리처럼 울렸다.

"……몇 번을 물어보시는 거예요."

빈센트도 한동안 말이 없었다. 놀란 기색은 없었지만 말이다. 이내 그는 들고 있던 원고를 테이블 위에 살짝 내려두고서 다시 입을 열었다.

"죄송합니다. 표정이 너무 안 좋으셔서 그랬습니다. 괜찮으신가요?"

'괜찮으신가요?'라는 그 한 마디 때문인지는 몰라도, 순간 거칠어졌던 숨소리가 잦아들었다. 그러자 변함없이 온화한 그의 태도에 더 이상 큰 소리를 내기 힘들어졌다.

"……."

한동안 잠자코만 있는 날 보던 빈센트는, 완전히 원고를 내려두고서 나를 지긋이 바라봤다.

"……이전에 한 책에서 읽은 게 하나 있습니다."
"……?"
"사람이 내적 갈등을 처리하는 방식에 대한 것이었죠. 책의 저자는 대략 두 부류로 나누어 설명했습니다. 혼자서 그 갈등을 삼키는 유형, 그리고 타인에게 그 갈등을 털어놓는 유형으로요."
"……."
"한 대학 교수가 그에 관한 실험을 했습니다. 30분동안 실제 사람처럼 생긴 인형을 앞에 두고 현재 자신이 가지고 있는 고민이나 불안을 털어놓는 실험이었죠. 그 결과가 어떻게 되었는지 아십니까?"
"……."
"한 마디도 하지 않은 사람에 비해, 10분이라도 스스로와 대화를 시도한 사람의 행복지수가……."
"알았어요, 알았어! 하……, 무슨 일인지 이야기라도 해 보라는 거 아녜요."

빈센트는 빙긋이 웃으며 나를 바라봤다. 나는 작게 '썩을'이라며 중얼거리고 그가 있는 테이블로 가까이 다가갔다. 건너편 의자를 살짝 빼어 자리에 앉자, 빈센트 또한 우리 둘 사이에 놓인 물건을 깨끗이 치웠다. 그렇게 본격적으로 자리를 마련했으나……, 무슨 말을 해야 할지부터 막혀 버렸다. 그러자 빈센트가 먼저 입을 열었다.

"그 책의 뒷내용도 들어보시겠습니까?"
"……뭔데요?"
"한 번 응어리가 지기 시작하는 고민이나 걱정은 점차 누적된다고 합니다. 대부분의 사람들은 그게 표정으로 드러난다더군요. 아마 단도 그 대부분 중 하나에 해당하나 봅니다."
"지금 절 놀리시는 건가요."
"아뇨. 그렇지만은 않습니다. 여하튼, 눈덩이처럼 뭉쳐진 감정은 어느 순간에 터져 나온다고 합니다."
"놀리시는 거 맞잖아요."
"하지만 지금 보세요. 기분도 꽤 개운해지고, 무엇보다 솔직해지지 않았습니까."

그 말에 잠깐 입을 다물었다. 인정하기 싫지만……, 정말이었으니까.

"책의 저자는 이때를 잘 노리라고 조언했습니다. 타인에게서 솔직한 대화를 이끌고 싶다면요. 그래서……, 단. 조금이라도 도움을 줄 수 있게 해주겠습니까? 어떤 것이라도."
"뭐……, 좀 길긴 긴데요, 말하자면……."

07시 05분, 무제

나는 절대 화목하다고는 못 할 가정에서 자랐다.

그나마라고 할 만한 기억도 8살 때 이전까지인데, 이미 십몇 년이 지난 지금에서야 기억해봤자 아무런 소용도 없는 것들이다. 내 부친은 몸 쓰는 일을 자주 맡았다고 했다. 원양어선이나 막노동 같은 게 아니라, 상당히 그림자 지고 불법적인 것을 말하는 것이다. 얼굴도 제대로 모르는 그 양반은 어느 날 어느 곳에서 죽었다는 소문만 있을 뿐이다. 게다가 어머니는 이런 이야기를 하는 걸 싫어했기에 이것저것 물어볼 수도 없었다.

하루아침에 생업에 뛰어들자니 여간 막막한 게 아니었을 것이다. 하루 벌어 하루 먹고 사는 마당에 어머니가 나를 신경 쓰길 바라는 건 욕심에 가까웠다. 그렇다 보니 어느새 자연스럽게 둘 사이가 멀어져 있었다. 한 번 벌어진 간격은 고등학생이 되어서도 쉽사리 좁혀질 기미가 없었다.

중학생이 되자, 나는 조금씩 엇나가기 시작했다. 성적은 어느 정도 유지하고 있었을지라도, 학교에서 하는 행실이 곱지만은 않았다. 한 벌 뿐인 교복을 매일 입긴 어려웠을뿐더러, 조금 너저분한 내 몰골을 보며 수군거리는 놈들을 보고 있자면 주먹이 먼저 튀어 나갔다. 학교를 자퇴할까 고민한 적도 있었지만, 그랬다간 우리 집안에서 누구 하나는 죽어 나갈 것 같아 관뒀다.

머리통이 좀 더 커지면 그나마 철이라도 들겠지 싶었는데, 안타깝게도 아니었다. 중학교를 진작 졸업했음에도 딱히 바뀌는 건 없었다. 여전히 가난한 집구석, 깔끔함과는 먼 차림새. 이때쯤부터 나보다 어린애들의 돈을 뜯는 재미를 붙이기 시작했던 것 같다. 그 돈으로 좀 꾸미기도 하고, 놀기도 하고.

그래, 그날도 여느 때처럼 친구 놈들과 밤을 새워 놀고 있었다. 누구네 집에서 몰래 빼돌린 술도 한 모금씩 마시며, 동네를 열 바퀴씩 돌기도 하고. 꽤 즐거웠다. 속이 미친 듯이 메스꺼웠지만. 그러나 다음 날이 되어서,

'너 빨리 택시 타고 이리로 와! 알았어?'

부재중 전화가 20통이 넘게 와 있었다. 전부 이모였다. 얼굴도 별로 못 본 인간이 웬일인가 하다가, 문자로 보내준 주소로 서둘러 달려갔다.

그 주소는 한 대형 병원이었다.

더 정확히 말하면, 대형 병원의 장례식장이었다.

이제껏 장례식장에 올 일이 별로 없어서 몰랐는데, 이곳은 아마 이승에 존재하는 유일한 지옥일 것이다. 평소에는 사뭇 느껴보지 못할 두려움이 엄습하는.

영정사진 액자 속에는 내 어머니가 있었다. 어젯밤 큰 교통사고가 났다고 한다.
장례식장으로 오는 조문객들을 맞으며, 여러 번 시선을 영정사진으로 돌렸다. 사진이 꽤 예전 거였다. 한 8년은 전쯤에 찍었을 것 같은, 그런. 나는 눈가가 촉촉해져 온 어머니의 동업자, 친구, 가족들을 맞이하며 적잖이 당황할 수밖에 없었다. 어떻게 해도 눈물이 한 방울조차 나오지 않았다. 이따금 조용히 이야기를 나누고 있는 것을 들어보면, '아들인데도 눈물 하나 안 흘리네.' 하는 험담도 다수 있었다.

봉안당에 분골함을 가져다 두는 것을 끝으로 3일장을 무사히 마쳤다. 장례식장으로 돌아오던 차 안에서도, 나 혼자서만 훌쩍이는 가족들 사이에 어색하게 껴 있었다. 다른 가족들이 자리를 정리하는 동안, 나는 장례식장에 딸린 작은 방에서 잠을 청하려 했다. 그러나 눈은 여전히 맑게 떠 있었다.

'보통 부모님 죽으면 많이 울던데. 왜 난 안 그렇지?'
'사이가 너무 멀어져서 남보다 못하다고 생각하는 건가.'
'하긴, 제대로 대화 나눠본 게 재작년 2월쯤이 끝이었지.'

'……그런데 그럼 나는 어떻게 되는 거지. 저 밖에 있는 가족들이 날 데려가나 줄까?'
'만약에 안 데려가면 어디로 가려나. 청소년 쉼터?'
'거기서 나가게 되면, 난 또 어떻게 살아야 하지.'
'이래서 다들……. 집에 가고 싶다고 한 건가.'

한 번 던져진 질문은 꼬리를 물고 끊임없이 이어져갔다.

'……나한테 집은 뭐였을까.'
'단지 먹고, 자고, 씻는 곳?'
'뭐가 더 있었던 것 같은데. 이를테면…….'
'엄마랑 같이 사는 곳.'
'맞네. 엄마랑 같이 살던 곳이기도 하구나.'
'그리고…….'
'……엄마 목소리가 뭐였더라.'
'엄마 얼굴은? 전화번호는?'
'엄마랑 마지막으로 나눴던 메시지가 뭐였지?'
'좋아하는 음식이랑 색은 뭐더라?'
'어……?'

그때에서야 처음 깨달았을지도 모른다. 어머니에 관해 아는 게 극히 적다는걸. 아니, 애초에 아는 게 없다는걸. 자세를 일으켰다. 그리고 똑바로 앉았다.

'뭐였지? 왜 기억이 안 나지.'

수많은 대답과 물음이 꼬이고 뒤틀려 사고를 마비시키기 시작했다.

'와, 진짜 대화가 단절된 건 맞구나.'
'마지막으로 먹은 반찬은 무말랭이였는데.'
'여기서 나가면 뭐 어떻게 해야 하지?'
'예전에 엄마랑 보러 가고 싶었던 영화 이름이 뭐더라.'
'그런데 지금 와서 이게 뭐 하는 건데? 무슨 소용이 있어?'
'학생도 받아주는 아르바이트가 있었나?'
'친구 중에 재워줄 만한 애가 있을까?'
'멸치 싫어하는 거 알았으면서. 왜 그렇게 자주 줬지.'
'지금 내 내신 등급이 얼마더라?'
'엄마는 날 사랑했을까?'

마지막 물음을 끝으로 모든 잡음이 사라졌다. 그리고 나는 끝내 자각했다.
나는 내 어머니를 사랑했다는 것을.

있을 수 없는 일이었다. 평생을 일만 쫓아다니며, 아들은 뒷전으로 치고 돈 벌기만 궁했던 그 여자를 내가 사랑한다고? 그렇다면 이렇게 생각이 많이 드는 건 뭔가. 결국 이마저도 관심과 사랑이었나? 싫었다. 가는 길까지 나를 홀로 만들어놓고 떠나는 사람을 걱정한다는 게 싫었다. 증오스러웠다. 한편으로는 불쌍하기도 했다. 결국 또 외로운 길을 가는구나.

시야가 뿌옜다. 양 뺨도 뜨거운 걸 보니 뭔가 터지긴 터졌나 보다. 차라리 코피였으면 좋았을 텐데. 소매로 양 눈을 훔쳤다. 금세 다시 뿌옇게 변했다. 꽉 다물어진 이 사이에서 이상한 소리가 계속 튀어나오려 한다.

그날부터 나는 줄곧 어떠한 꿈을 꾸게 되었다. 특히 몸 상태가 안 좋거나, 잠을 좀 늦게 잤을 때는 꼭. 항상 익숙하고 끔찍한 장례식장을 비추며, 나의 어머니가 원망 섞인 말을 내뱉는 것이었다.
"그랬군요."

이 이야기를 들은 빈센트의 감상평은 상당히 짧았다.

"······그게 다인가요?"
"흠······, 생각을 정리할 시간은 조금 필요하니까요."
"이럴 거면 왜 듣고 싶다고 한 거예요? 네?!"
"확실한 해결 방법을 드리진 못합니다. 다만, 다음부터 그 꿈을 꿀 확률은 현저히 줄 겁니다."
"뭐, 그게 무슨······?"
"방금 당신은 한 가지 대단하고도 어려운 일을 했습니다. 바로 당신의 감정을 사각하고 인정하는 것이죠.
"······?"
"제가 이 분야로 전문성이 있는 건 아니지만. 당신의 악몽, 일종의 트라우마는 어머니에 대한 애증에 의해서 형성된 것입니다. 당신이 이제껏 해주었던 이야기를 바탕으로 하면요. 단의 경우는 그 순간에서 의지와 용기를 재료로 해서 극복할 수 있다고 생각합니다.

그리고 당신은 방금, 원인으로 제공되는 상황에서 감정을 자각함으로써 토대를 마련했어요."

"그게 되겠어요? 이미 감정은 자각했지만, 몇 년간 악몽에 시달릴 정도였다고요!"

"네, 됩니다. 단 스스로도 알고 있지 않습니까. 누군가에게 고민과 걱정을 털어놓는 것이 얼마나 어려운 일인지. 자신의 인간관계에 대한 걱정이 앞서 정작 침묵하는 사람이 얼마나 많은지. 그럼에도 당신은 그 일을 해냈고, 상대에게 감정을 솔직하고 명확하게 전달하는 것은 이미 자신의 정체성과 자아가 상당히 형성되어 있는 사람만 할 수 있는 겁니다."

"······."

"사람의 감정을 정의하기란 어렵습니다. 웬만큼 교육받은 사람조차 잘하지 못하는 것이죠. 특히 자신의 추악한 면모를 인정하고 나 자체로 받아들이는 존재는 이 세상에 있어 얼마 되지 않습니다. 그래서 어쩌면, 인류에게 있어 주어지는 유일한 과제는 그것이 아닌지 생각하곤 합니다."

한동안 침묵하던 나를 보며, 빈센트는 안경을 살짝 올리며 말을 이었다.

"상당히 흥미로운 시간을 보내게 해 주셨으니, 저 또한 보답을 하나 하죠."

04시 25분, 퇴근

"제가 들려드릴 이야기는, 꽤 먼 과거의 이야기입니다. 이 서점을 지을 때로 되돌아가는군요. 평소에도 독서하는 것을 좋아하던 터라, 언젠가 제 소유의 서점을 꼭 하나 짓고 싶다고 생각했습니다. 그래서 돈도 부지런히 모아봤는데, 턱도 없더군요. 이미 포기하기엔 상당히 꿈에 부풀어 있었고, 또 이미 일상엔 지칠 대로 지쳐 있었습니다.

그러던 어느 날에, 저에게 동업을 요청하는 사람 하나가 다가왔습니다. 꽤 신기한 일이었죠, 그 어떤 누구에게도 제가 서점을 세우고 싶다는 말을 한 적은 없는데 말입니다. 그러나 이 사람은 저와 차원이 다른 존재였습니다. 이미 머릿속으로 구상한 게 상당히 많았죠. 서점의 시스템부터, 뚜렷한 가치관, 그리고 저기 있는 '라프카네슈타트'까지. 모두 그 사람의 작품이었으니까요.

여하튼, 둘이 가진 재력을 합치니 건물을 하나 지을 만한 정도가 나오더군요. 곧바로 실행에 옮겼습니다. 수많은 책장을 세우고, 각종 인테리어도 맡고. 그 사람도 저도, 상당히 즐거운 일이었습니다. 그리고 이제 이 서점을 어떻게 이용할지를 의논했죠. 저는 사람들의 이야기를 책으로 만들어주고 싶었습니다. 다행히도 그 사람 또한 의견에 동의해 주었죠.

우리는 집필하지 않는 동안에는 함께 책을 읽고 수많은 대화를 나눴습니다. 그리고 저는 놀라지 않을 수 없었죠. 범접할 수 없는 지혜와 지식은 매번 입으로 전해질 때마다 새로웠습니다.

서점의 책이 쌓여 가면 쌓여갈수록, 우리는 인력 부족을 실감했죠. 그래서 직원을 몇 명씩 뽑아 함께 이 서점을 관리하기로 했습니다. 덧붙여서 그 사람의 깨달음 또한 널리 알리고요. 비록 짧은 기간이었지만, 좋은 인연들이 우리를 스쳐 지나갔습니다. 그리고 '레마'라는 직원을 고용하게 되었죠. 이전에 말한 그 직원입니다.

레마는 18살이란 이른 나이에도 열심히 일했습니다. 일머리도 좋고, 손도 빨라서 한층 업무가 수월했죠. 다만 한 가지, 조금 욱하는 성격이 조금씩 갈등을 조성했습니다. 처음 한두 번은 그냥 넘어갔을지라도, 날이 갈수록 저의 인간관계를 병들게 하더군요. 그러다 결국 크게 싸우게 됐습니다. 그리고 '레마'가 홧김에 모든 원고를 기계에 던져 넣고 도망쳐 버렸습니다.

제 잘못도 크긴 했죠. 살면서 제가 그런 욕설을 입에 담을 수 있을 줄은 몰랐습니다. 어찌 보면 일어날 수 있는 일이었죠. 그러나 설상가상으로, 그 사람의 건강 또한 조금씩 악화되어 갔습니다. 더 이상 제 다리로 걸어 다닐 수 없을 상태가 되었죠.

단 당신처럼, 저도 레마에게 원망을 쏟아냈습니다. 그 때로 돌아갈 수만 있다면 좋을 텐데……. 안타깝게도 그 때 이후로 레마를 본 적이 없습니다. 얼마나 길게 무단결근을 해도, 해고를 하진 않았어요.

그 사람이 잠들기 전, 저와 따로 이야기를 나누었습니다.

'빈센트, 레마를 용서해 줘.'
"하지만, 밀레니. 나는 이 모든 일의 원흉이 그 애라고 생각해."
'네가 곁에 머물면서 앞으로 나아갈 수 있도록 해 줘. 그게 우리 서점의 목표였잖아, 안 그래?'
"……."
'부탁이야, 내 마지막 소원을 들어줘.'

하하……, 하지만 저도 더 이상 진전이 없었습니다. 몇 년 동안 책을 읽고, 방법을 연구하기도 했습니다. 그러나 원망은 이미 사그라들었을지라도, 어떤 식으로 다시 다가설지 막막하군요."

"……고통스러우셨겠네요."

내 말을 들은 빈센트는 씁쓸한 웃음을 지으며 말했다.
"삶은 비극 그 자체입니다. 다만 스쳐지나가는 잠깐의 행복을 통해서 '삶'이라는 이름을 갖추죠. 저는 당신에게 이 서점이 그런 존재가 되길 바랍니다, 단."

'레마도 마찬가지로요.'이라는 말을 삼키는 것처럼 보였다. 그리고 내 입에서 불현듯 말이 튀어나왔다.

"있죠, 빈센트."
"네, 뭡니까?"
"편지라도 써 보는 게 어때요?"
"……편지?"
"그나마 솔직하게 말할 수 있지 않을까요. 말하는 것 보다 글이 더 편할 때가 있잖아요."
"편지라……. 한 번 시도해 보겠습니다."

내 말을 듣고 깊게 고민하던 빈센트가 작게 고개를 끄덕였다. 그리고 손목시계를 한 번 들여다보더니, 의자를 밀어 넣고 일어섰다.

"슬슬 마감시간이군요. 이만 문 닫읍시다."

나와 빈센트는 서점 밖으로 나와 문을 잠갔다. 느지막이 노을이 지고 있는 때였다. 하늘을 올려다보다가 문득 서점 간판을 보게 되었다.

모래시계 모양의 이름 없는, 작은 LED간판.

그마저도 이름이 없었다. 따스하고도 은은한 빛을 내는 그것을 한동안 바라보다,

"……간판을 바꿔 보는 게 어때요?"

"좋은 아이디어라도 있으십니까."

"뭐, 이를테면……."

딸랑-

아침은 다시 밝았다. 새로운 고객을 접대하고, 또 수많은 책을 읽어나가는 일과의 반복.

하지만 이전과 같은 지루함은 느껴지지 않았다. 오히려 이유 모를 기대감을 품게 되었다고나 할까. 빈 원고지를 정리하고 나서, 곧바로 위층으로 올라갔다.

"어서 오세요, 세상에서 가장 작은 도서관입니다."

차림상 2 독약처럼 쓴 한약

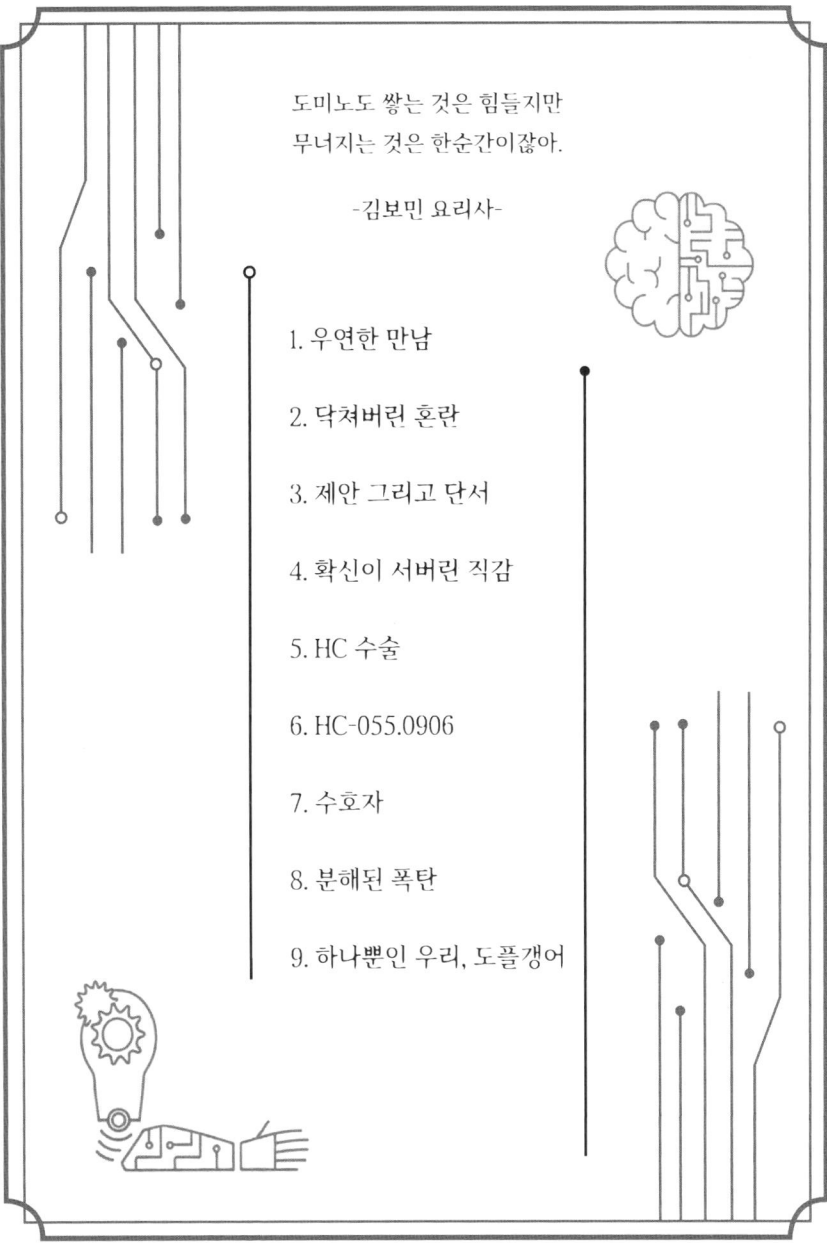

도미노도 쌓는 것은 힘들지만
무너지는 것은 한순간이잖아.

-김보민 요리사-

1. 우연한 만남

2. 닥쳐버린 혼란

3. 제안 그리고 단서

4. 확신이 서버린 직감

5. HC 수술

6. HC-055.0906

7. 수호자

8. 분해된 폭탄

9. 하나뿐인 우리, 도플갱어

1

'2069년 3월 4일 월요일 6시 30분'
 내 이름은 김지온, 과거에는 영희, 민지라는 이름처럼 흔하디흔한 이름을 가지고 있는 흔한 14살 청소년이다. 굳이 흔하지 않은 부분을 찾자면 난 엄마를 본 적이 없다. 아빠 말로는 옛날에 이혼했다고 하긴 하는데, 엄마를 한 번이라도 보고 싶다는 생각이 머리 한구석에 자리 잡고 있다. 아무튼 오늘은 일 년 중 오직 하루밖에 없는, 아니 살아생전에 단 한 번 겪게 되는 가장 설레고 긴장되는 순간이다. 바로 중학교 입학식. 하필이면 3월 2일이 토요일이라 3월 4일부터 학교에 가게 되었지만, 중학교 배정 결과가 발표 나고 난 후부터 계속 기다리던 날이다.
 "아빠, 나 학교 갔다 올게."
 집에서 나와 엘리베이터를 타고 지하 1층으로 내려가 10분 정도 걸어서 스쿨트레인을 탔다. 기차를 타고 15분 정도를 가니, 3년 동안 생활할 학교 '도어 중학교'에 도착할 수 있었다. 학교 강당으로 이동하여 홍채인식을 하자 '1학년 6반'이라는 문구가 보였고 바닥에 화살표가 생겼다. 그 화살표에 맞춰 이동하자 내 자리가 보였다. 10분쯤 지나자 모두 도착하였고, 40대 중 후반 정도로 보이는 선생님이 단상에 올라오셨다.

"지금부터 제42회 도어 중학교 입학식을 시작하겠습니다. 먼저 우리 학교 교장 선생님의 신입생 입학을 축하하는 입학사가 있겠습니다. 모두 박수로 맞아 주시기를 바랍니다."

"안녕하십니까. 우리 입학생 여러분. 저는 도어 중학교장 김종하입니다. 우리 학교는 올해로……."

익숙한 멘트가 지나간 후에 지루한 교장 선생님의 말씀이 이어졌다. 주변에서 졸고 있는 친구들이 하나둘씩 생기기 시작할 때 드디어 훈화 말씀이 끝났다.

"이상으로 제42회 입학식을 마칩니다. 각 반 담임선생님께서는 아이들을 데리고 반으로 이동하여 주시길 바랍니다."

몇 시간 전까지 날 설레게 만들던 입학식이 끝나자, 나를 포함한 아이들은 담임선생님을 따라 교실로 올라갔다.

"홍채 인식하면 자리 번호가 뜰 거야 거기에 맞춰 앉으면 돼."

교실에 도착하자 담임선생님은 자리에 앉으라 하셨다. 내 자리는 창가 쪽 세 번째 자리였다. 자리 쪽으로 고개를 돌리니, 먼저 앉아 있는 내 짝꿍이 보였다. 짝꿍의 얼굴을 확인한 나는 너무나도 당황스러웠다. 솔직히 말해서 내가 죽은 줄 알았다. 옛날 드라마를 보면 사람이 죽으면 옆에서 검은 모자를 쓴 짙은 쌍꺼풀을 가진 저승사자가 빨간 봉투와 한자가 쓰인 이상한 종이를 들고 나타나고 그 옆으로 그 사람이 죽어있는 모습을 보여주는 것처럼 내가 죽은 모습을 보고 있는 것 같았다. 나의 앞에서 '최율'이라고 적힌 이름표를 단 아이의 오뚝한 코, 보일 듯 말 듯 한 속쌍꺼풀, 타원형인 얼굴, 손과 심지어는 반곱슬인 머리카락까지 나와 완전히 똑같았기 때문이다. 행여나 꿈일까 봐 내 볼을 힘껏 꼬집었다.

'아!'

너무 아팠다. 그렇다면 이것은 꿈도 아니고, 내가 죽은 것도 아니다. 그러면 이 상황은 뭘까? 내 머릿속 사전에 들어 있는 단어 중 가장 이 상황과 유사하며 있어 보이는 단어가 있다. 이 단어는 내가 어릴 적 읽었던 과학 잡지의 만화 코너에서 봤었다. 도플갱어. 과학 잡지에서는 도플갱어를 만나면 죽는다는 말이 있었던 것 같았는데……. 설령 도플갱어라고 하더라도 난 이대로 죽으면 안 되고 죽을 수도 없다. 난 이제 갓 중학교에 입학한 청소년이기 때문이다. 150세 시대라고 불리는 지금, 이 6차 산업 시대에서 10분에 1도 살지 못했을 뿐만 아니라 세상에 많고 많은 재미있는 것들을 경험해 보지 못하고 죽는 것은 억울하다. 난 6년 뒤에 운전도 해봐야 하고, 좋아하는 아이돌의 콘서트도 가고, 곧 있으면 방영하는 드라마도 모두 챙겨봐야 한다.

근데, 이 아이는 뭘까? 어떻게 나와 이렇게 똑같이 생겼을까? 우리 둘 다 당황했기 때문일까, 묘한 기류가 그 아이와 나 사이를 둘러쌌다. 오만가지의 생각들이 내 머릿속을 지배하는 덕에 난 교실에 앉아 선생님의 말씀을 한 귀로 듣고 한 귀로 흘리고 있었고, 가까스로 기숙사로 가라는 선생님의 말씀을 들었다. 우리는 곧바로 가방을 가지고 안내받은 기숙사로 흩어졌다. 내가 배정받은 기숙사는 312호이다. 1층과 2층은 남학생들이, 3, 4층은 여학생들이 사용하였으며 층마다 복도에 로봇이 있다. 3층까지 올라와서 오른쪽으로 보면 방들이 길게 늘어서 있는데 그 중 내방은 가장 끝에 있었다. 드디어 도착한 312호, 홍채인식을 하고 기숙사 문을 열자, 방의 구조가 보였다. 2층 침대 하나와 책상 2개, 화장실로 이루어진 작은 방이었다.

'띠리릭'

기숙사 안을 구경하고 있던 와중에 문 열리는 소리가 들렸다. 문 쪽을 바라보았고, 거기에는 아까 교실에서 본 그 아이가 서 있었다.

"최율……?"

말로만 듣던 70여 년 전에 방영되었다는 전설의 고향 중 한 장면만큼이나 소름 돋았다. 같은 반, 짝꿍인 것도 모자라 이제는 같은 기숙사 방을 일 년 내내 사용하라는 것을 믿을 수가 없었다. 최율도 나와 같은 생각인 듯했다. 우선 미친 듯이 날뛰는 내 마음과 닭살이 돋은 팔을 진정시키기로 했다. 마음이 가라앉을 때까지 심호흡했다. 그러나 방 내부의 공기, 습도, 온도, 심지어는 어디에선가 들려오는 백색소음까지 모든 게 어색하고, 불편했다. 이 어색한 분위기를 깨야겠다는 생각이 들었다.

"안녕. 난 김지온이야."

"난 최율."

교실에서부터 지금, 이 순간까지 5시간 정도가 흘렀을까, 드디어 우리는 통성명했다. 더도 덜도 아닌 딱 '통성명'까지였다. 순조롭기를 바란 나의 잘못일까, 최율과 나는 통성명 이후에 오히려 멀어진 듯한 기분이 들었다. 최율은 애써 상황을 피하기 위해서인지 2층 침대 쪽으로 다가갔다. 난 가만히 그 모습을 지켜봤다.

"너 침대 1층 쓸 거야, 2층 쓸 거야?"

갑작스러운 질문에 놀랐다.

"어?"

"어디 쓸 거냐고."

"난 1층 쓸래."

최율은 아무 대꾸 없이 곧바로 2층 침대 위로 올라갔다.

처음 만난 사이에 어떤 사람들보다 당황스러울 최율과 나는 신기하게도 둘 중 아무도 우리의 모습에 대해 말을 꺼내진 않았다. 대화도 필요한 정도만 나누었다. 나중에 우리의 외모가 우리의 삶에서 가장 큰 숙제가 될 것이라는 예감이 들었다.

2

취침 시간을 알리는 듯이 창문이 검게 바뀌었다. 이대로 잠이 들 수는 없다. 최율과 난 무슨 사이일까? 일란성 쌍둥이일까? 말로만 듣던 도플갱어일까? 다급히 노트북을 열어 검색했다. '일란성 쌍둥이', '도플갱어'를 검색해 봤지만, 아무런 성과가 없었다. 머릿속으로 시나리오를 아무리 생각해 봐도 마땅한 이유가 떠오르지 않았다.
 어떻게 잠들었는지도 모르겠다. 그저 요란히 울리는 알림 소리에 저절로 눈이 떠졌다. 침대에서 일어나 위층을 슬쩍 쳐다보니 최율은 아직 자고 있었다. 여전히 적응 안 되는 나와 똑같은 얼굴로 말이다. 혹시 이 모든 게 꿈이냐는 생각에 볼도 꼬집어 봤지만, 여전히 고통만 느껴졌다.
 '정신 차려 김지온! 이 모든 건 꿈이 아니야.'

폭풍이 휩쓸고 간 마음을 다잡고 화장실에 들어가 씻으며 등교 준비를 했다. 머리를 말리기 위해 나오자, 최율이 막 일어난 것 같았다.

최율은 내가 화장실에서 나오는 모습을 보고는 무표정으로 옷을 챙겨서는 화장실로 들어갔다. 전혀 개의치 않는다는 모습으로 난 콘센트 옆에 앉아 코드를 꽂은 후 머리를 말렸다. 10분 정도가 지났을까 머리가 다 말랐고, 최율은 화장실에서 나왔다. 어색한 공기가 너무 싫은 난 곧바로 일어나 가방을 챙겼고, 기숙사 문을 열고 나갔다. 오늘따라 더욱 길게 느껴지는 복도를 걸어 나와 일 층으로 내려갔다. 경사가 완만한 내리막길을 따라 걸어가자, 학교 정문이 보였다. 다른 충격적인 일들로 인해 휘발된 어제의 기억을 떠올리며 1학년 6반을 찾아갔다. 다른 친구들은 아직 도착하지 않은 것인지, 문은 잠겨있었다. 지긋지긋한 홍채인식을 하고 문을 열었다. 내 자리에 앉아 옆을 돌아보니 최율의 자리가 보였다. 10분 정도 지났을까, 교실은 친구들로 붐볐고 최율도 등교했다. 종이 치고 담임선생님이 들어오셨고 그 이후로 눈 깜빡할 새 없이 7교시는 지나갔다. 방과 후 수업까지 들은 후에 기숙사로 돌아갔다.

3

'2069년 6월'

입학의 설렘이 완전히 사라져 버렸고, 나는 지극히 평범한 일상들을 보내고 있다. 눈이 떠지면 등교하여 여섯 개 혹은 일곱 개의 수업을 듣고, 방과 후 활동한 후에 기숙사로 돌아가 주말에 갈 학원 숙제와 수업 시간에 선생님이 내주신 숙제를 한 후 남은 시간에 '최율과 나의 관계'를 주제로 조사하고 다시 잠드는 그러한 일상들이 반복되었다. 벌써 3개월이라는 시간이 흐르면서 자연스레 반 아이들과 친해지게 되었지만, 여전히 최율과 긴 이야기를 나누지는 않았다. 지루한 일과가 끝나고, 기숙사로 들어갔다. 최율은 본인의 책상 앞 의자에 앉아 있었다. 들어가자마자 평소와는 다르게 최율이 먼저 말을 걸었다.

"김지온. 넌 안 궁금했어?"

"뭐가?"

"우리 모습, 관계, 혹시나 있을 숨겨진 비밀 같은 거 말이야."
"궁금했지."
"근데 왜 안 물었어? 어떤 말도 안 꺼냈잖아."
"네가 불편해하는 것 같길래. 그냥 혼자 검색해 보곤 했어."
"나 안 불편해."
"넌 아무것도 몰라?"
 최율이 나에게 우리의 모습에 관해 이야기를 꺼내는 이 상황을 단 한 번도 예상치 못했다. 최율을 처음 본 일 빼고 지금, 이 순간이 가장 당황스럽다. 최율은 우리 관계의 비밀을 찾자고 제안했다. 그 말을 들은 나는 두 가지 생각이 공존했다. 원래부터 최율이 뭔가를 알고 있지는 않을까? 라는 생각과 최율이 알고 있는 게 없다면 어차피 인터넷에 검색해봤자 결과가 안 나올 텐데 굳이 찾아야 하나 싶은 생각이 들었다.
"대충 예상가기는 해. 확실하진 않지만."
"뭔데?"
"HC 수술."
"그거 학교에서 배운 거 아냐?"
"맞아."
 HC 수술은 역사, 과학 수업에서 배웠다. 그리고 난 남들보다 HC 수술의 이면에 대해 더 잘 알고 있다. 평소에 소아·청소년과 간호사인 아빠에게 오늘은 무슨 수술을 하였는지 물으면 8할은 HC 수술을 하였다고 하였다. 또한 아빠는 늘 HC 수술의 문제점을 내게 말해주었다. 복중 태아를 살리기 위하여 복제 '인간'을 만드는데, 그 복제인간은 인간과 같은 존재고, 그 인간의 몸에서 필요한 장기만 빼내고는 폐기물로 버린다는 것은 인간이 할 짓이 아니라며 비판했다. 따라서 HC 수술은 내게 썩 좋은 인상으로 남겨져 있지는 않다. 그런 HC 수술이 다른 경우보다 우리와 연관되어 있다……? 만약 내가 최율의 복제인간이라면 어떡할까? 또는 최율이 나의 복제인간이라면 어떡할까? 머릿속이 복잡했다.

"그럼 내가 너의 복제인간이거나 네가 내 복제인간이라는 뜻이야?"

최율은 아무런 대답도 하지 않았다. 그저 책상에 있던 숙제를 다시 시작할 뿐.

4

뜬눈으로 밤을 지새우던 나는 문뜩 과거가 떠올랐다.
"HC 수술은 이럴 때 사용되는 거야. 혹시 HC 수술 받아본 적 있는 사람?"
과학 선생님의 질문에 친구들은 주변을 두리번거렸다. 반장, 서기도 손을 들자, 그쪽을 쳐다보다가 또 다른 사람이 없을까 싶어 다시 살폈다. 갑자기 시선이 내 쪽으로 집중되었다. 내 옆자리에 앉아 있던 최율이 손을 들었다.
"저요."
"6반에는 3명이 수술을 받았네. 그러면 혹시 어떤 장기 또는 조직을 이식받았는지 알아?"
"콩팥이요. 오른쪽 콩팥."
올해 4월쯤, 과학 시간 때 우리는 HC 수술에 대해 배웠다. 이때 최율은 오른쪽 콩팥을 이식받았다고 했다. 만약 내가 그 아이의 복제인간이라면 내 오른쪽 콩팥이 없지 않을까?

날이 밝자마자 학교 기숙사에서 나왔다. 정신없이 막 달렸다. 이윽고 큰 건물이 보이자 그 자리에 멈춰 섰다.

'아율 병원'

병원 입구로 들어가서 엘리베이터를 타서 6층에 도착하니 소아·청소년과 병동이 보였다. 병동으로 들어가기 위해서는 번호를 입력해야 했다. 번호를 몰랐던 나는 쓰러질 듯이 숨을 내쉬며 벽에 기대앉았다. 급하게 나오느라 핸드폰도 챙기지 않아서 아빠에게 연락할 수도 없었다. 무작정 기다렸다. 많은 사람이 왔다 갔다 하더니 드디어 아빠의 모습이 보였다.

"김지온, 너 왜 여기 있어?"

"물어볼 게 있어서."

"전화하지. 왜 여기까지 왔어. 곧 등교 시간 아니야?"

"얼굴 보고 말하려고."

"무슨 일 있어?"

"아빠, 나 몸 멀쩡해?"

"그게 무슨 말이야? 갑자기?"

"나 없는 거 없어?"

내 물음에 아빠의 표정이 굳어졌다. 아빠는 이내 체념한 듯이 한숨을 내뱉었다.

"콩팥. 너 오른쪽 콩팥 없어."

아빠의 말을 들은 나는 망연자실했다. 아빠의 말을 HC 수술을 바탕으로 설명하면, 난 최율의 콩팥을 이식시키기 위해 만들어진 복제인간이며, 이것은 아빠가 진짜 아빠가 아니고, 이혼한 엄마도 사실 허구의 인물인 거다. 또한 최율은 나와 1촌도 아닌 0촌인 관계다.

이 사실을 최율은 이미 알고 있었다는 걸까? 그렇다면 왜 다른 사람들에게 알리지 않은 것일까? 이 사실이 다른 사람들에게 밝혀지면 일어날 일들을 최율이 몰랐을 리가 없다. 특히나 그 일들로 인해 지하 끝까지 무너질 사람들은 최율이 아니라 나와 아빠라는 것을 이미 알고 있었을 것이다. 이 사건의 피해자는 최율과 그 가족이니깐.

5

'2055년 5월 5일'
10번 분만실에서 송나원은 힘겹게 아이를 낳고 있다. 이윽고 아이가 나오자, 간호사는 나원과 집도의에게 말했다.
"2055년 5월 5일 5시 5분, 예쁜 공주님이 태어났습니다. 손가락 열 개, 발가락 열 개 모두 있고, 폐호흡 이상 없습니다."
"바로 3번 수술방으로 보내주세요."
집도의는 아이가 나오자, 수술실로 옮겨달라는 말을 하고는 옆 수술방으로 이동했다.
같은 시각 'HC-055.0906' 케이스에서는 또 다른 아이가 태어났다. 사실 정확히는 만들어졌다. 케이스 이름인 'HC-055.0906'은 잠시나마 케이스에서 만들어진 아이의 이름이 된다. HC 케이스에서 만들어진 아이, HC-055.0906도 담당 간호사 김로이에 의해 나원의 아이와 같은 3번 수술방으로 옮겨졌다. HC-055.0906은 나원에게서 태어난 아이와 모습이 똑같았다. 그 둘은 일란성 쌍둥이보다 더 똑같이 생겼으며, 마주 보게 한다면 중간에 거울이 있다고 착각할 정도였다. 어쩌면 당연한 일이다. 케이스 속의 아이가 나원의 딸을 복제시켜 만들어 놓은 복제인간이기 때문이다.

2050년대부터 급감하는 인구수로 인하여 정부는 대대적으로 HC 정책(Human Clone)을 실시했다. HC 정책으로 복제인간을 만들어 기형아들에게 장기를 이식시켜도 된다는 법이 생겼고, 이 법으로 HC 수술이 생겼다. HC 수술은 산모 배 속의 아이와 같은 모습을 한 복제인간을 생성하는 수술이다. 태아가 14주가 될 무렵이면 서서히 장기가 생성된다. 이 시기에 초음파로 태아의 장기가 생성되었는지, 장기들이 제 역할을 하는지 확인한다. 그리고 만일 문제가 있으면 태아의 몸에서 세포를 떼어 내어 HC 케이스에 착상시킨다. 그 후 태아의 몸에서 추출한 난자의 핵을 빼고 그 대신 체세포를 투입하는 것이다. 그리고 장애가 있거나 존재하지 않는 장기 또는 신체 부위의 세포에 약간의 조작을 가한다. HC-055.0906'와 같은 복제인간이 자라는 HC 케이스는 복제인간이 만들어져 신생아와 같은 키와 몸무게가 될 때까지 자라는 곳으로 내부에는 산모의 양수와 탯줄의 기능을 수행하는 장치들을 포함하고 있다. 행여나 원래의 시기보다 늦게 문제가 발견되더라도, 이 케이스는 복제인간의 발육을 촉진해서 태아가 태어날 시기에 똑같이 복제인간도 완성될 수 있게 한다.

일반적인 아이들과 같은 모습으로 만들어진 복제인간은 산모 배 속의 아이가 태어나자마자 수술방으로 옮겨져 신생아가 필요로 하는 장기를 이식시켜 준 후 폐기된다. HC 수술이 발전함에 따라 태어나자마자 사망하는 신생아들의 비율이 확연히 줄어들었고,

유산이나 선천적 기형아에 대한 두려움이 줄어들면서 인구수가 조금씩 늘어나더니 약 50년 전인 2000년대 영유아의 비율로 회복되었다.

나원의 딸은 콩팥이 하나 없는 상태로 태어났다. 콩팥은 원래 하나로도 살아갈 수 있지만, 나원과 남편인 최지훈은 혹시 나머지 콩팥이 기능을 하지 못할까 봐 걱정되었다. 하여 HC 수술을 통해 아이의 결핍된 콩팥 하나를 완성하기로 마음먹었다.

현재 수술실에서는 HC-055.0906의 콩팥을 나원의 딸에게 이식시키는 수술을 하고 있다. 다행히 아이가 오른쪽 콩팥만 없었고, 왼쪽 콩팥은 제 기능을 완벽히 해내고 있었다. 집도의는 HC-055.0906의 콩팥 중 오른쪽 콩팥을 나원의 딸에게 이식시킨 후에 신생아의 부모인 나원과 지훈에게 수술 결과를 알려주기 위해 수술방을 나갔다.

6

간호사로 일한 지 거의 14년이 지난 김로이는 복제인간의 필요한 신체 부위를 사용하고 난 후에 폐기하는 수술법에 대해 늘 불만을 품고 있었다.

'따지고 보면 복제인간들도 일반 사람들과 똑같은 모습을 하고 똑같은 신체 구조를 가진 생명체인데, 이렇게 잔인하게 대해도 되는 건가?'

수술이 있는 날이면 로이는 쉽게 잠들지 못하고 겨우 잠자리에 든 날에도 가위에 눌리며 악몽에 시달렸다. 그는 불현듯 고개를 돌려 수술대도 아닌 복제인간 전용 폐기함인 DU(disuse) 박스 옆에 누워 있는 HC-055.0906 보았고, 그 누구도 시도하지 못한 일을 자신이 하리라고 생각했다. 우리 몸의 장기 중에 콩팥은 하나로도 충분히 제 역할을 할 수 있다. 또한 여러 생명 보호단체에 의해 HC-055.0906과 같은 복제인간을 폐기하기 전에 수술 후 더 이상의 출혈이 없도록 잘 막은 후 질소로 질식사시키는 DU 박스에 넣어 폐기하도록 법이 생겼다. 로이가 HC-055.0906을 DU 박스에 넣지만 않더라면 HC-055.0906을 얼마든지 살릴 수 있다. 따라서 자신의 시선 끝에 자꾸만 눈에 밟히는 저 아이, HC-055.0906을 살려야겠다고 생각했다. 그는 평소와 다름없이 DU 박스에 HC-055.0906을 넣고는 폐기 실로 갔다. 물론 입구는 닫지 않은 상태로. 아무도 없는 폐기 실에서 HC-055.0906을 꺼내 깨끗한 천으로 감싸고, 체온을 보존하기 위해 본인의 옷가지를 한 번 더 둘러 자기 옷 안에 숨겨둔 후 도망치듯 폐기 실을 나와서는 퇴근하였다. 그는 집에 돌아와 HC-055.0906을 새 수건으로 감싸고 병원에서 하듯 아이를 돌봤다.

현직 간호사인 로이의 전문적인 의학지식과 사랑 덕분이었을까 HC-055.0906은 건강히 컸다. 로이는 아이에게 김지온이라는 이름을 지어주었다. 지온이는 특별한 것 없는 보통의 아이였다. 다른 아이들처럼 밝았고, 배려심이 넘쳤으며, 자신에게 닥친 일을 긍정적으로 받아들이고, 해결하는 아이였다. HC-055.0906의 아빠가 되기로 결심한 로이가 최선을 다하여 아이를 키운 결과였다. 바쁜 간호사 업무 중에도 지온의 전화는 꼭 받았으며, 이 주에 한 번씩은 함께 한적한 곳으로 당일치기 여행을 가며 둘만의 추억을 만들었다. 눈에 넣어도 안 아플 귀중한 딸이 되자 로이에게도 걱정되는 부분이 생겼다. 혹시나 지온이 나원의 딸과 만나서 본인이 친아빠가 아니라는 것을 알게 되지는 않을까, 지온이 원래는 폐기 되어야만 했었던 복제인간이라는 진실을 알게 되지 않을까, 로이는 지온과 비슷해 보이는 또래의 아이를 볼 때마다 마음을 졸였다.

7

 무너진 내 모습을 본 아빠는 담임선생님한테 오늘만 빠지겠다고 연락했다. 난 거리를 거닐며 복잡하게 엉킨 생각들을 풀어 해지고 있었다. 난 왜 이런 일들을 겪게 되는 걸까? 하늘에 있는 신들을 원망도 했다. HC 수술로 태어난 복제인간이 나라는 사실이 너무나도 짜증이 나고 무서웠다. 천천히 길을 따라 걷다 보니 기숙사 통금시간이 임박했다. 급히 뛰어서 기숙사로 들어갔다. 312호 문을 여니 아무도 보이지 않았다. 화장실에서 물소리가 들리는 것을 보니 최율이 씻고 있는 것 같았다. 침대에 걸터앉아 최율을 기다렸다.
 최율이 머리를 털며 나왔다. 내 모습을 보곤 놀란 것 같았다.
 "학교 안 왔던데. 무슨 일 있었어?"
 "너 다 알고 있었어?"
 "어. 정확히는 짐작이었지. 처음에는 몰랐어. 근데 과학 시간에 수업을 듣고 나니까 어쩌면 HC 수술이 우리의 생김새를 설명할 유일한 방법이 아닐까 싶더라고. 내가 HC 수술을 받았다고 엄마가 얘기했었거든. 특히나 콩팥이었으니까. 너도 알다시피 콩팥은 하나로도 살 수 있잖아. 물론 네가 HC 수술을 받았을지는 모르니까 아무 말도 할 수 없었지."
"맞아. 나 오른쪽 콩팥 없어. 하나만 더 물어봐도 돼?"
"어."
"다른 사람한테 밝힐 거야?"
"아니."
"왜? 엄밀히 말하면 이 일의 피해자는 너랑 네 가족이야."
"넌 내가 널 상대로 고소를 할 거라고 생각을 한 거야?"
"네가 못 할 이유도 없지."
"난 네가 그런 일을 겪기를 원치 않아."
"무슨 뜻이야?"
"14년 동안 행복하게 살다가 너도 네 존재를 의심하게 됐잖아. 근데 여기서 네가 더 큰 충격을 받게 하는 것은 네가 최소한의 사람다운 삶을 살 수 없게 하는 거잖아."
"넌 괜찮아? 너도 놀랐을 거잖아."
"대충 짐작한 게 4월이야. 벌써 두 달이라는 긴 시간이 흘렀고 네 모습을 지켜보면서 마음을 굳힌 거야. 이 사실을 아무도 알게 해서는 안 되겠다고."
"고마워. 날 사람으로서 받아들여 줘서. 사실 머릿속이 복잡했거든. 행여 이 사실들이 외부로 나가게 되면 내 삶이 무너질 것 같았어. 사실을 알고 몰려드는 기자들, 나와 아빠에게 손가락질하는 사람들, 친구들의 싸늘한 표정까지도 상상할수록 너무 무서웠거든. 심지어 아빠는 법을 어긴 거니까 처벌도 받았을 거고."

내 말에 최율은 웃으며 아무 말 없이 내 손을 잡았다. 어쩌면 신들이 내게 복제인간이라는 엄청난 페널티를 주는 대신 율이라는 수호자를 곁으로 보내주신 게 아니냐는 생각이 들었다.

8

'2069년 8월 19일 월요일'

한 달 조금 넘는 여름방학이 끝나고 다시 학교생활을 시작한 지 일주일이 지났다. 율이와 난 숨겨진 사실을 알게 되기 전보다는 더 많은 대화를 했다. 그러나 뭔가 불안했다. 율이가 자주 조퇴하고 기숙사보다 집에서 생활하는 날이 더 많아졌다. 안색도 안 좋아 보였고, 허리 부근이 아프다고 하였다. 마치 병에 걸린 것처럼. 하지만 율이는 내게 내색하지 않았다. 숨기고 싶어 하는 것 같았다. 하는 수 없이 물어보지 못했다.

어디선가 들려오는 울음소리에 잠에서 깼다. 깜짝 놀라 위층을 보니 율이가 낑낑대며 앓고 있었다.

"율아, 어디 아파?"

율이는 허리를 잡고 아프다며 울었다. 놀란 나는 119에 전화하였다.

"119죠? 여기 도어 중학교 기숙사 3층 312호인데, 친구가 허리가 아파서 일어나지도 못하고 허리만 부여잡고 있어요. 빨리 와주실 수 있나요?"

119에 전화한 지 5분이 채 지나지 않아 구급대원들이 간이침대를 들고 올라왔다. 율이는 곧바로 구급차로 실려서 갔다. 그다음 날에도 보이지 않았다.

율이가 결석한 지 2주가 지났을 무렵, 하교하던 나를 담임선생님이 부르셨다.

"지온아, 율이가 매우 아팠어. 콩팥 암에 걸렸거든. 지금은 통증이 덜해졌데. 완전히 나은 건 아니지만. 율이가 오늘 저녁에 기숙사로 다시 올 거야. 율이랑 같은 기숙사 방이고, 짝꿍이잖아. 그래서 선생님은 네가 율이를 도와줬으면 좋겠어. 혹시 부담이 안 된다면 그렇게 해줄 수 있을까?"

"네."

선생님의 말씀을 듣고 놀랐다. 율이가 콩팥 암에 걸렸다니. 곧장 기숙사로 가서 콩팥 암의 증상에 대해 검색했다.

'콩팥 암은 1기에서 4기까지 있다. 콩팥 암의 증상은 말기쯤에야 나타나는데, 주로 허리통증이 발생한다.'

"콩팥 암에 의한 허리통증은 주로 말기, 즉 4기쯤에야 나타난다고……?"

율이의 건강 상태가 몹시 나쁘다는 것을 예측할 때쯤, 방문이 열렸다. 율이었다.

"괜찮아? 담임선생님한테 들었어. 콩팥 암에 걸렸다고. 지금은 좋아진 거야?"

"좋아졌다고 해도 되나? 콩팥을 적출하는 수술했어. 4기였거든."

"나한테 이식받은 쪽이야?"
"아니. 왼쪽 콩팥. 사실 엄마가 이식받으려고 해서 기증자 기다리다가 더 나빠져서 그냥 도려냈어."
"왜 나한테 말 안 했어?"
"무슨 뜻이야?"
"나 원래 네 복제인간이잖아."
아무 생각 없이 말이 입 밖으로 튀어 나갔다.
"내가 만약에 네 콩팥을 이식받으면, 넌 어떡해? 너도 사람이잖아. 내 복제인간이든 아니든, 지금은 널 사랑하는 사람도 있고, 너만의 삶도 있잖아. 저번에도 말했듯, 난 너의 삶과 생명을 존중하거든."
율이의 말을 들은 나는 왠지 모르게 자꾸 눈에 눈물이 고였다. 사실 마음 한구석에는 여전히 불안함이 남아있었다. 율이가 일단 그 사실을 비밀로 하자고 했지만, 만일 그게 들통나더라도 더 큰 폭풍이 닥칠 쪽은 나였다. 어쩌면 언제 터질지 모르는 폭탄의 스위치를 가지고 있던 건 율이었다. 하지만 알고 보니 율이는 그 스위치를 이미 분해해 버린 것이다. 날 복제인간이 아닌 한 사람으로서 바라봐주었다. 어쩌면 율이는 나에게 독약처럼 쓴 한약이었을지도 모른다.

9

"율아, 이거 어때?"
"예쁘네!"
"이걸로 살까?"
"그러자."
 우리는 더욱 가까워지고 있다. 말하지 못한 비밀을 공유하고 난 후부터 더 많은 얘기를 나누기 시작했고, 곧 있으면 다가올 겨울방학 때는 같이 바닷가에 가기로 했다. 가서 같이 케이블카도 타고, 맛있는 것도 먹고, 사진도 찍으며 그 누구도 가지지 못할 좋은 추억을 남기기로 했다. 옷도 같은 디자인인데, 색깔만 다른 옷으로 샀다. 파도 소리가 들리는 모래사장에서 낙서도 하고 큰 하트도 그릴 거다.
 3월에 처음 마주친 상황은 충격적인 사실과 함께 예상보다 더 길고 더 혼란스럽게 마무리가 되었다. 앞으로 우리의 삶은 지금과 다름이 없을 것이고, 없어야 할 것이다. 나와 율이, 둘만이 가지고 있는 이 비밀은 평생 우리만 기억하기로 약속하기로 했다. 3월 4일의 충격적인 나의 도플갱어와의 만남은 이렇듯 내게 이 세상에서 하나뿐인 비밀을 공유하고 있는 소중한 친구를 만들어 주었으며, 내 목숨이 끊어져 이 세상에 없었을 수도 있다는 사실은 내가 하루하루를 더욱 소중히 여기고 살아갈 수 있는 원동력이 되었다. 우리는 계속해서 앞으로 나아갈 것이다. 무슨 일이 있어도 멈추지 않을 것이고, 무리해서 속도를 높이거나 겁난다고 속도를 낮추지도 않을 것이다.

만일 넘어지더라도 다시 일어날 수 있는 나의 도플갱어와 함께.

차림상 3 너의 비밀

늦어서 미안해. 네가 떠났다는 게 믿기지가 않았어.

-김률아 요리사-

안녕……. 잘 지내?
늦어서 미안해. 네가 떠났다는 게 믿기지가 않았어.
너의 생일에 네가 보고 싶어서 너에게 편지를 보내.
네가 없다는 게 너무 허전하네.
네가 원했던 지금 있는 그곳에서도 잘 지내.
보고 싶어. 너도 그럴 거라 생각해.
하지만 이제는 더 이상 너의 얼굴과 모습이 기억 안 나…….
하지만 사랑했고 사랑해…….

2069년 8월18일.

-언제나 유일한 너의 편-

너의 비밀

차근차근 적어본다 너에게로 보내는 편지.
이제는 나의 아픈 기억이자 보고 싶은 너에게…….
나는 너에게 어떤 사람이었냐고 어떤 친구였냐고 물어보고 싶다.
네가 너무 그립다는 말을 너를 나의 마음에 담은 채로 적어본다.

몇 년 전, 나의 세상이 메마르고 모래사막으로 뒤덮여있을 때 너와 나는 유난히 학생이 많았던 학교 같은 반에서 처음 만나고 나는 너를 알게 되고 너도 나를 알게 되며 그렇게 우리는 서로의 마음을 천천히 적셔 가며 그렇게 우리는 세상에 둘도 없는 가장 친한 친구가 되었다. 그렇게 너와 나는 학교에서 떠들다가 선생님께 혼나기도 하고 청소도 같이 했었다. 주말에는 같이 밖에서 한참을 떠들다가 해가 지고 별이 반짝이고 밝은 달이 뜨는 새벽이 돼서야 집에 들어가고, 그다음 날에는 오전부터 집에서 나와 우리 둘의 비밀

장소에서 떠들다 바람이 잘 통하는 옥상에 올라가 도시를 내려다 보며 우리는 아무 말도 하지 않고 조용히 잔잔한 노래와 함께 그저 앉아있을 뿐이다. 그럴 때면 아무 생각도 하지 않고 너무 편했었다. 하지만 이제는 그것도 할 수가 없다. 너는 없다. 이제는 그것도 그저 나만의 추억일 뿐. 이 모든 걸 혼자 해야 할 뿐이었다. 아니 혼자 할 자신감도 없다. 그저 너를 그리워하다 하루가 다 갈 뿐이다. 나는 네가 없으면 안 될 것 같던 그런 날도 이제는 마음 한구석 한가운데 자리 잡았다. 그 이후로 얼마나 지났을까 나는 학교를 졸업하고 어느새 홀로그램 겸 가상현실을 만드는 회사에 들어갔다.

몇 년 뒤, 나는 회사에서 전무라고 불리는 자리에 앉아있다. 나는 아직도 너와의 추억을 그리고 있다. 너와의 추억은 나에게는 심장을 빼내려는 것만 같은 느낌이다. 너는 절대 모를 거다. 너와의 추억을 회상하던 별다른 게 없는 날 중 나에게 기회가 생겼다. 홀로그램을 만들 수 있는 기회 그리고 가상현실로 갈 수 있는 기회 중 하나만 고를 수 있었고 나는 망설임 없이 골랐다. 홀로그램으로 너를 만들까 생각을 했지만 나는 너와 대화를 하고 싶었기에 가상현실을 골랐다.

5일 뒤, 지금 나는 너에게로 간다. 너를 생각히며 나는 캡슐 안에 누웠다.
"그럼 시작하겠습니다."
"노아. 잘 부탁해. 무슨 일 있으면 작동 멈추고. 알지?"
"넵 조심히 다녀오세요. 저는 언제나 당신 옆에 있을 거예요."
걱정하는 조수를 뒤로하고 천천히 눈을 감았다.

지지직거리는 기계음을 뒤로 들리는 그리운 목소리.

"선호야, 자?"

"어?"

나는 익숙한 목소리에 먹먹해진다.

"선호야, 벌써 새벽이야. 이제 집에 가야지."

"아……. 우리 오늘은 그냥 해 뜰 때까지 같이 있을까?"

"그래 뭐 내일 학교도 안가니까 그렇게 하자. 나야 너랑 같이 있으면 좋지 히히."

너의 웃는 모습을 보고 가슴이 먹먹해진다.

'너의 미소가 이렇게 따뜻하고 밝은 햇살 같은 느낌이었구나. 나는 그걸 이제야 알았네. 나는 너의 그 웃는 모습을 보고 싶었나봐…….'

나도 모르게 눈물이 난다.

"선호야, 너 울어? 무슨 안 좋은 일 이라도 있었어? 슬픈 꿈꿨어?"

"그런가봐, 슬픈 꿈인가봐. 네가 없어지고 나의 세상은 그저 외롭고 공허할 뿐이었어."

"걱정 마. 나는 절대 너를 두고 떠나지 않아."

작은 미소를 띠며 말한다.

"혹시나 힘들거나 외로우면 언제든 연락해. 나는 너의 편이잖아. 그리고 너도 나의 편이고."

부드럽지만 꼭 무거운 분위기로 말을 했다. 하지만 너는 언제나 그렇듯 미소로 나에게 대답해 주었다. 너는 아무 대답 없이 그저 웃었다. 나는 이상하게 그게 더 불안했다. 너의 그 미소는 알겠다는 것인지 아님 나에게 무슨 비밀이라도 있는 것 같은 대답이었으니까. 그렇게 우리는 거의 5시간 동안 떠들다가 서로 마주 보고 잠들었다. 꿈에서 너는 나에게 속삭였다.
"잘 가, 나중에 또 와. 기다릴게 만약 다시 왔을 때 내가 없다면······."
캡슐 속에서 잠을 깬 나는 한동안 멍 때리며 앉아 있었다.
"전무님, 괜찮으신가요?"
노아가 옆에서 뭐라 하던 나는 그 무엇도 들리지 않았다. 그저 너를 다시 한번만 볼 수 있으면 좋겠다는 생각뿐이었다. 아니, 너를 다시 한번 더 보고 싶다. 그저 가상현실 네가 있는 그 세계에서 살아도 상관없다고 생각했다. 하지만 나는 네가 꿈에서 말을 한 것을 지킬 것이다. 나는 그 누구보다 열심히 회사 일을 할 것이다. 너와 약속했으니까 언젠가 너와 단둘이 다시 웃으며 이야기할 수 있는 날이 오기를 기다릴 뿐이다. 하지만 지금은 아니다.

몇 달 뒤, 나는 또 캡슐을 바라보고 있다.
"이 전무, 또 그 캡슐을 보고 있나? 내가 그 캡슐에 들어갔을 때는 아무것도 없던데 도대체 무엇에 그리 집착을 하는지, 정 그러면 들어가 보게!"
멈춰있던 나의 심장이 다시 뛰는 것만 같았다.
"삼사합니다. 대표님!!"
"어휴 뭐가 저리 좋은지······."
캡슐 속으로 들어가 나는 그때 그 시절 너에게로 갔다. 하지만 정말 대표님의 말처럼 아무것도 없을 뿐 너와 내가 자주 갔던 옥상에도 너는 없었다. 그때 네가 마지막으로 했던 말을 기억해 냈다.
"잘 가. 나중에 또 와, 기다릴게. 만약 다시 왔을 때 내가 없다면 우리가 처음 만난 장소로 와 선호야…….”
 나는 급하게 뛰어 우리 둘이 나온 학교로 갔다. 하지만 나는 가던 중 알 수 있었다. 너의 죽음은 그냥 사고가 아니었다는 것을……. 여러 대의 차가 학교 앞에 서 있었고 너는 어디에도 없었다. 나는 그 많은 차들을 피해서 후문을 통해 학교 안을 들어갔다. 내 앞에는 교장선생님이 서서 나를 내려다보고 계셨다. 교장선생님은 지금 학교의 이사가 되었다.
 "안녕하세요. 선생님 저 선호입니다. 기억나세요?"
 "그래, 어느새 중3이던가 내년이면 고등학교에 들어가는구나. 세월이 참 빠르네."
 나는 가상현실에서의 나이는 정확하게 알지 못했다. 하지만 이제는 안다. 그리고 소원이가 떠난 날이 중3때였다.
 "으아아악" 어디선가 익숙한 목소리의 비명이었다.
 "선생님 저 목소리 혹시 소원이 아닌가요?"
 "글쎄, 선생님이 지금은 좀 바빠서 나중에 또 오렴."
 떨리는 눈동자와 어색한 말투 나는 알 수 있었다. 저 목소리는 분명 소원이다. 나는 소리가 나는 쪽으로 달려갔다. 과학실이다. 이상한 주사기 그리고 수상한 실험복을 입은 사람들 그 사이에는 비명을 지르고 있는 소원이가 있었다. 온몸에 이상한 줄이 연결된 상태로. 뒤에 교장선생님이 서있는지도 모르고 말이다. 그러고는 교장선생님으로 인해 기절했다. 눈을 떠보니 나는 소원이의 옆에 누워 있었다. 그때 교장선생님은 주사를 들고 내 옆에 서 계셨다.
 "소원이는 우리 학교, 아니 우리나라에 유일한 실험체이지. 그걸 내가 발견했으니 이제 나는 돈을 벌고, 소원이는 우리나라를 발전시킬 수 있는 아이야."

"그게 지금 무슨 소리죠?"

나의 말이 끝나기 무섭게 교장선생님은 나에게 주사를 넣었다. 나는 천천히 정신을 잃어갔다.

"소원이는 죽었고 너를 떠났어, 소원이는 죽었고 너를 떠났어."

세뇌하듯 말하는 교장선생님이 말과 옆에서 소리치는 소원이의 목소리가 희미하게 들리고 그렇게 나는 정신을 잃고 주위는 온통 검은색으로 변해있었다. 몇 시간 뒤, 얼른 캡슐에서 나왔다. 소원이는 죽지 않았다. 소원이는 학교에서 이상한 실험을 당하고 있었다. 소원이는 나에게 진실을 알려주려 했다. 나는 이 일을 전부 겪었다. 이제야 기억이 난다. 나는 그 주사로 인해 기억을 잃었고 그렇게 소원이가 죽은 걸로 알고 있던 것이다. 하지만 지금 소원이가 죽었는지 살았는지는 모른다. 그때의 교장선생님과 그 연구원들만 안다. 머릿속에 누구든 찾아가야 한다는 생각뿐이다. 그때의 학교는 폐허가 되었다. 그 누구의 그 무엇의 흔적도 없다. 그렇게 차에 타고 어디로 가야 할지 생각하다가 옥상이나 우리 둘의 비밀 장소로 가보았다. 옥상에는 아무것도 없었다. 그저 우리가 함께 했던 추억만 그려질 뿐이었다. 그곳에서 나는 너를 떠올리다 우리 둘만 가던 비밀 장소에 갔다. 그곳은 지금 내가 다니는 회사 뒤편에 있는 작은 놀이터였다. 그저 평범한 놀이터가 아니라 그곳에는 숨으면 그 누구도 찾을 수 있는 장소가 있었다. 그곳으로 들어가 보니 이상한 쪽지가 있었다.

To. 선호에게

안녕, 선호야. 나 소원이야. 막상 편지를 쓰려니 어색하네.
지금 네가 이걸 보고 있다면 나의 비밀을 알겠네.
나는 어릴 때 보육원에서 자랐고 그 보육원은 아이들을 팔고 돈을 버는
시스템을 가지고 있었어. 그 보육원에서 친하게 지내던 친구가 어떤 부부에게
팔려가고 나는 7살이 되던 때 팔려갔어. 나는 가족이 아니라
그저 실험체로 팔려갔던 거야. 그곳에서는 하루하루가 지옥이었어.
말을 안 들으면 채찍질을 하고 굶기는 건 하루 이틀이 아니었거든. 거기서는
일어나면 주사를 맞고 약을 먹이고 하루를 보내다가 자기 전에 또 주사를 맞고
잠드는 그런 하루를 반복해. 그리고 1년쯤 지났을까 나는 해방되었어. 그때는
나를 버린 건가 했지. 그리고 초등학교를 들어가 너를 만난 거야. 그렇게 중
학교 3학년이 되던 해 초등학교 때 교장선생님께 연락이 왔어.
그리고 학교를 가니 그때 그 사람들이 있는 거야. 교장은 돈을 벌기 위해
내가 있는 곳을 말하고 나를 팔았던 거야. 그렇게 나는 그들의 실험체로
남아있었던 거야. 나도 참 한심하지……
겨우 3일째 그들과 만나던 날, 너를 위험에 빠뜨렸으니까. 너는 기억을 잃고
너를 찾아가도 너는 나를 알아보지 못했어. 나의 얼굴을 잊어버린 거겠지
내가 죽었다는 것과 함께. 그래도 걱정 마, 나는 언제나 너의 옆에 있을게.
혹시 아는지 모르겠는데, 8월 18일은 나의 생일뿐만이 아니야.
너랑 처음 만난 날이기도 해. 이제는 말할 수 있어.
나는 너를 좋아했어. 그리고 여전히 너를 좋아해.
너는 나의 첫사랑이자 마지막 사랑이야. 사랑했고 사랑해.

2058년 8월 18일
언제나 유일한 너의 편

10년이나 된 편지를 이제야 발견하다니. 편지를 읽던 중 생각난 것은 나도 보육원 출신이라는 것이다. 우리는 어릴 때 보육원에서 처음 만났고 나는 지금의 부모님께 팔려왔고 너는 남았었다. 다른 것은 생각이 안 난다. 그저 머릿속이 복잡하다. 지금 나는 뭘 어떻게 해야 할까. 나는 지금 어디 있을까. 편지를 한 번 더 읽던 중

[나는 언제나 너의 옆에 있을게]

이 말 눈에 보였다. 그 순간, 첫 캡슐 실험 때 노아가 나에게 한 말이 생각이 났다. "저는 언제나 당신 옆에 있을 거예요."

'과연 노아가 소원이 일까? 하지만 어떻게 그럴 수 있지?'

내가 나에게 질문해봤자 답은 나오지 않는다. 나는 얼른 회사로 들어갔다. 심장은 마치 터질 것만 같고 노아에게 가면 갈수록 화가 난 것도 아닌데 얼굴이 화끈거리는 것만 같았다. 마치 눈물이 나올 것만 같았지만 확인하기 전까지 절대 화를 내지도 울지도 않을 것이다.

"78층 문이 열립니다."

엘리베이터가 도착하자마자 나는 노아의 방문 앞으로 달려갔다. 잠시 숨을 고른 후에 문을 열었다.

"노아! 혹시 잠시 시간 있어? 나랑 이야기 좀 해."

"네? 넵! 시간 있어요. 여기 앉으세요."

노아는 잠시의 당황도 없었다.

"아니 여기서 말고. 여기서는 할 이야기가 아닌 거 같아. 밖으로 나와."

회사 옥상에서 나는 차분하게 이야기를 나아갔다.

"노아 혹시 회사에 들어오기 전에 뭐 했던 거 있어?"

"아니요. 저 대학교 다니고 3년 후에 바로 회사에 들어왔습니다."
"혹시 이 편지 뭔지 알아?" 나는 소원이가 적은 편지를 보여줬다.
"편지인 거 말고는 글쎄요. 잘 모르겠습니다."
노아의 표정이 이상해졌다. 무언가 알고 있는 것처럼
"노아 혹시 네가 소원이야?"
너무 급한 마음에 속마음이 먼저 튀어나왔다.
노아는 당황하며 눈이 흔들리는 것도 잠시, 나를 보며 미소 짓기 시작했다.
"네가 진짜 소원이야? 왜 이때까지 이야기 안 했어? 너도 알고 있었잖아. 내가 많이 그리워한 거. 내가 널 만나기 위해 캡슐에 들어갈 때도 왜 말을 안 한 거야?"
잠시 망설이더니 입을 열었다.
"너에게 모든 진실을 알려주려고 그랬어. 너는 내가 죽은 줄로 알고 있었잖아"
그러고는 말을 이어나갔다.
"저기 선호야 혹시나 해서 말하는 건데, 연구원들 찾을 생각하지 마. 혹시 7년 전 폭발했던 회사 기억나? 그 회사에서 보낸 연구원들이었어. 지금은 불이 나서 다 사라져버렸지만, 아무래도 나는 지하실에 갇혀서 살 수 있었나 봐."
아무렇지 않게 덤덤하게 이야기를 하고 있었다. 그 회사는 환경문제를 다루는 회사였다. 7년 전 화재가 나 연구원들이 모두 죽었다는 뉴스가 기억이 났다.
"그럼 혹시 회사는 계속 다닐 거지?"
나는 조금은 떨리는 목소리로 이야기했다.

"당연하지. 말했잖아, 언제나 너의 옆에 있을 거라고. 근데 혹시 편지 마지막에 봤어?" 소심하듯 작게 속삭이듯 말하는 것이었다.

"마지막?"

[이제는 말할 수 있어. 나는 너를 좋아했어. 그리고 여전히 너를 좋아해, 너는 나의 첫사랑이자 마지막 사랑이야.]

이거 말하는 거야?"

"맞아. 있잖아, 나는 지금도 널 좋아해." 귀가 빨게진 채로 이야기를 하고 있었다.

"알아. 그리고 나도 너를 좋아해."

소원이의 부끄러움이 마치 블루투스처럼 연결된 것만 같았다. 그렇게 우리는 서로의 두 귀가 빨갛게 부끄러워하며 옥상에서 내려왔다. 다시는 놓지 않을 두 손을 다정히 잡은 채로…….

차림상 4 우체국 아저씨, 진태 씨.

이제부터 이 우체국은 다시 새 발걸음을 내딛는다.

-조현지 요리사-

우체국 아저씨, 진태 씨.

2035년 12월, 안개로 눈앞이 깜깜해지고, 우체국 위로는 눈이 사뿐히 앉았다. 가장 먼저 출근한 진태 씨는 우체국 문을 열었다. 힘겹게 반겨주는 종소리가 그를 기쁘게 만들었다. 들어가자마자 그는 창고로 들어가 앉았다. 블라인드 너머로 아침 햇살이 가볍게 들어오자 손님 맞을 준비를 위해 밖을 나섰다. 붉은 체크 목도리를 한 학생이 그를 빤히 쳐다보고 있었다. 온몸에 소름이 돋았다. 그냥 그 학생을 본 것뿐인데. 얼굴도 잘 보이지 않았다. 그런데 그는 단번에 알 수 있었다. 그 학생이 천천히 걸어왔다. 그에게로. 그러곤 불렀다.
"아저씨!"
"……"
그도 모르게 양팔을 벌렸다. 이게 얼마 만인지 싶었다. 약 10년 만이었다. 그 아이를 본지.

"아저씨, 잘 지내셨어요?"
"그럼. 난 항상 잘 지내지. 많이 컸구나. 벌써 대학생이 되고, 너를 처음 본 게 초등학생 때였는데…"
그는 자신도 모르게 생각에 잠기었다.

🟦 2023년 5월 12일, 교통사고로 인해 심하게 부상을 입게 되며 그는 갑작스럽게 자신의 직업을 잃게 되었다. 50대다 보니 직업을 쉽게 찾을 수도 없었고. 무기력하게 삶을 살게 되는 일이 점차 많아졌는데. 갑자기 취직된 우체국에서 그의 두 번째 일생이 시작된다.

🟦 밖에 두었던 식물의 잎이 뜨거운 햇살로 인해 어둡게 타버릴 것만 같던 그날, 누군가가 한숨을 쉬며 길을 걷고 있다. 바로 50대 남성 진태 씨다. 진태 씨는 아침부터 자신의 일자리로 향했다. 갑작스럽게 생긴 자신의 일인지라 그는 복잡 미묘한 감정이 들었다.
'정말 내가 이 일을 하는 게 맞나? 그냥 사람들에게 피해를 주는 게 아닐까?'
처음엔 마냥 갑자기 할 일이 생겨 기뻤던 그였지만 요즘 그는 다시 한번 생각을 되짚곤 한다. 부정적인 생각이 그의 머릿속을 덮쳤다. 그래서인지, 오늘 아침은 그 말고 다 행복해 보였다. 지저귀는 새소리부터. 아빠 손을 잡고 등교하는 유치원생들까지 입꼬리가 다 귀에 걸려있었다.
"나의 삶에선 행복을 찾을 수가 없는 건가……."
생각을 하다보니, 벌써 그는 그의 일자리에 도착해있었다. 그가 여기서 일한 지는 단 며칠뿐, 그래도 그가 이곳에 일찍 와서 혼자

우편 정리를 하는 것은 그에게 있어 소중한 일이다. 그것을 보면 이미 그에겐 행복이 온 것일지도 모른다. 가장 먼저 도착해 우편과 택배 정리를 하였다. 그렇다. 그가 일하고 있는 곳은
'진천동 우체국'
 사람들이 보낸 소중한 소포 하나하나를 그는 유심히 보고 정리하였다. 재고가 맞는지도 다시 한번 확인하고, 테이프들을 다시 쟁여 넣기도 하고, 볼펜 똥들도 하나하나 닦았다. 번호표 정리도 했다. 아무도 없는 이 진천동 우체국을 담당할 때 그는 제일 신이 났다. 아침에 보았던 아빠 손을 잡고 등교하던, 어린 유치원생이 부럽지 않을 정도로 말이다. 그런데. 저 멀리서 같이 일을 하는 영주 씨가 빠른 발걸음으로 걸어온다. 그의 행복이 벌써 끝날 것만 같았다.
 "왜 그녀는 오늘 아침 일찍 이렇게 우체국에 온 것인가… 으악."
 속이 답답하고 벌써 화가 솟구쳐 오르는 느낌이었다.
 '전방 200m. 전방 100m.'
 "영주 씨, 안녕하세요…. 아침 일찍 오셨네요."
 어색하고 씁쓸한 웃음을 지어 보였다.
 "아 네 진태 씨, 아침 일찍 나오셨네요. 저도 재고 정리할 게 있어서 일찍 나왔어요."
 벌써 그의 행복이 데드라인으로 향해가고 있다. 속으론 땅이 꺼질 늣한 한숨을 쉬었다. 지금은 이렇게 인사를 잘해 주어도 그녀는 일을 빨리빨리 처리하지 못하는 그에게 항상 한마디씩 꼭 하였다. 그는 같이 일하는 영주 씨를 좋게 보진 못했다. 영주 씨가 옆에서 재고 정리를 하고 있는 동안 그는 눈치를 보며 허리를 숙였다. 시간이 지나고 우체국엔 소포를 보내려는 사람들이 점차 늘어났다. 의자에 앉아 대기를 하고 있는 상황까지 나타났다. 영주 씨가

두 명의 사람들을 맡아 일을 처리할 동안, 그는 오늘도 그의 속도에 맞추어, 천천히 일을 하는 듯 보였다. 그래서 그런지 그녀는 따가운 시선을 그에게 쏟아냈다. 그는 애써 모른 척했다. 그치만 자꾸 신경이 쓰였고, 그렇기에 일을 자신의 속도보다 더 빨리 처리하고 싶어도 자꾸만 실수가 생겼다. 점심시간이 되자 사람들의 수가 점차 줄었고, 그는 조금의 여유를 가질 수 있었다. 그러고는 요 며칠 새 느끼지 못했던 마음의 안정감도 느꼈다. 그 스스로가 편안함을 느끼자 전엔 느낄 수 없던 사람들의 말소리가 그의 귀에도 하나둘씩 들리기 시작했다. 처음엔 무서웠다. 하지만 지속되자
'교통사고 후유증이겠지.'
하고 넘겼다. 바빠서 보지 못했던 사람들의 행동. 그 사람들이 보내는 소중한 소포에도 눈길이 가기 시작했다. 주름이 깊은 할머니가 여학생에게 물었다.
"아가씨… 내가 인터넷을 잘 몰라서 그러는디… 송금 어떻게 하는지라? 내가 늙은인지라 잘 모르겠네."
학생은 할머니에게 친절함을 보이며 쪼그려 앉아 할머니를 도와드렸다. 이런 사소한 행동 하나하나가 우체국에서 보이다니 그는 표현할 수 없는 따스한 감정을 느꼈다. 땀을 흘려가며 열심히 알려주는 그 학생을 보고, 그도 사람들에게 도움이 될 수 있는 사람이 되길 원했다. 학생이 가고 난 후에도 그의 마음속엔 계속해서 따스함이 피어올랐다. 그래서였는지, 그는 오늘 이 학생들의 태도를 보고, 자신의 태도를 조금 바꾸고자 했다.
다시 한번 새 아침이 밝았다. 그가 자고 있는 침대 위로 햇살이 살며시 들어와 그를 반겼다. 오늘은 어제보다 더 큰 행복을 누리기 위해 아침 일찍부터 준비를 하고 우체국으로 향했다. 어제보다는

조금 더 힘찬 발걸음으로 '터벅터벅'이 아닌 '타박타박'의 발걸음으로 걸어갔다. 우체국에 다다르자 조금씩 마음이 풀리는 느낌이 들었다.

'그렇지…!'

그는 속으로 크게 소리쳤다. 다행히 아무도 없었다. 오늘 그는 어제보다 더 많은 사람들의 말소리를 귀 기울여 듣겠다고 다짐했다. 안 먹던 커피로 마음의 안정을 주고, 약간의 명상도 했달까. 사실 그는 이제 아침에 누리는 이런 자신만의 행복보다는. 사람들의 말소리와 행동 하나하나가 더 행복하게 느껴졌다. 항상 아침엔 표정을 찡그렸던 그였는데, 어제 이후로 그는 자신도 모르게 완전히 다른 사람이 된 것만 같았다. 영주 씨가 오기 전이었지만 이른 아침부터 우체국을 들린 사람들이 있었다. 딸을 위해 과일을 보내는 아버지. 멀리 떨어져 사는 동생에게 편지를 보내는 누나. 아픈 어머니를 위해 선물을 보내는 아들까지. 소중한 사람들의 마음에 그는 마음이 뭉클해졌다. 새 지저귀는 소리와 함께 사람들의 목소리가 점차 들릴 때쯤 영주 씨가 출근을 하였다.

"진태씨, 안녕하세요."

"아 예, 영주씨도요…."

영주 씨는 오자마자 빨리빨리 짐 정리를 하고, 소포 정리도 했다. 그는 영주 씨를 피해 약 3개월 동안 사람의 손길이 닿지 않고 있던 소포들로 향했다.

'이 소포들을 폐기해야한다니.'

크기가 작은 소포들부터 큰 소포까지 제각각의 소중함이 묻어 있는 물건들이었다.

그는 어떤 사람이 물건을 보냈을지 궁금했다. 또, 이 소포들은 어떤 사연이 있었기에. 오랜 시간 동안 사람의 손길이 닿지 않는 것인가에 대해 궁금증을 가졌다. 그 소포 들 중 폐기 처분이 가까워지는 소포 두 개를 그의 쪽으로 가지고 왔다. 한 소포는 종이 박스 위로 예쁜 글씨체와 함께 그림이 그려져 있는 상자였다. 아기자기한 그림과 함께 귀여운 글씨체가. 보내는 사람의 따스함을 담고 있었다. 그는 그 상자를 뚫어져라 쳐다보게 되었다. 그냥 무언가에 홀린 듯이 말이다. 얼마쯤 쳐다보았을까. 그때 그의 머릿속으로 하나의 장면이 슥 지나쳤다.

'어라 뭐지…? 방금 내 머릿속에 빠르게 스쳐지나간 그 장면…….'

그는 너무 당황스러웠다. 눈을 이리저리 비볐다. 그는 단지 그림이 그려진 작은 상자를 뚫어져라 쳐다보았을 뿐이었다. 그런데 그도 모르게 어느 한 장면이 그의 머릿속을 스쳤다. 그는 그 장면을 놓치지 않기 위해 눈을 감고 그 장면을 머릿속에서 찾아 헤맸다. 마치 자신의 머릿속을 수영하듯이 기억을 되짚고, 되짚었다. 그때 하나의 장면이 깜빡이처럼 불을 켜고 자리를 잡았다. 그는 눈을 감고, 그 장면을 계속해서 보았다. 그 장면은 이 소포를 보낸 사람의 모습이었다. 약 3개월 전, '논현동 우체국'엔 약 40대 후반으로 보이는 여성이 우체국을 찾았다. 중형 짜리 박스를 사 그 안에 선물을 넣고 그 속에 편지를 넣는 듯 보였다. 그가 그 장면을 계속해서 볼 때 그는 그 여성의 마음도 함께 읽어나갔다.

'어머니가 잘 받으시겠지.'

하는 그녀의 속마음은 작고 여린 소녀 같았다. 박스를 다 포장

해놓고선 의자에 앉아, 그 박스에 매직으로 그림을 그렸다. 자신의 어머니가 기쁜 마음으로 받았으면 하는 소중한 마음을 담아. 그림을 그렸다. 그림을 그릴 때, 그녀의 모습은 정말로 행복해 보였고, 그 장면은 거기서 끝을 맺었다. 3개월이 지난 지금 그녀의 소포에 어머니의 손자국은 없었다.

'무슨 일이 일어난 것일까. 어머니가 잘못되신 건 아닐까?'

하는 그의 마음엔 슬픔의 발자국이 묻어나왔다. 그가 계속해서 소포의 사연을 읽는 동안 영주 씨가 그에게 소리쳤다.

"진태 씨 폐기할 소포 정리 다 하신 거예요? 언제까지 그 자리에 가만히 있을 셈이세요."

그는 또 한 번 겁먹은 강아지처럼 온몸을 웅크리곤 했다.

"하 진태 씨, 일 좀 빨리빨리 합시다. 예?"

"아 예예..빨리 해야죠…."

그는 정신을 차리고, 쉴 새 없이 일을 했다. 그는 자신의 여유를 망치는 영주 씨가 미웠다. 하지만 얼른 일을 끝내고 소포 사연 읽기를 꼭 다시 하겠다고 다짐했다. 점차 해가 얼굴을 감출 때, 영주 씨는 퇴근을 하기 위해 짐을 쌌다. 그는 오늘도 어김없이 볼펜 통을 닦고, 테이프를 채우는 작업을 했다. 영주 씨가 진태 씨에게 인사를 하고 나가자마자, 그는 얼른 폐기물 소포 쪽으로 달려가 쪼그려 앉았나. 곰곰이 생각했다. 낮에 있었던 일은 도대체 무엇이었을지. 그는 낮에 있었던 일을 생각하니 온몸에 소름이 돋았다. 자신이 사람의 마음을 읽는 것뿐만 아니라 소포가 가진 사연들도 읽을 수 있다니. 그는 이제 소포들의 사연을 읽는다는 것을 '소포 마음읽기'라고 칭하기로 했다. 3개월 동안 손자국이 없던 소포들을 모았다. 그는 이 소중한 소포들이 사람들에게 전달되지 않는 것이 너무나 가슴 아팠다. 한편으로는 '만약 내가 이런 능력이 없었더라면 이렇게 행동했을까?'라고 생각하기도 했다. 누군가는 애타게 기다렸을. 누군가는 애타게 보냈을. 그 소포를 받는 사람이 없다니 그는 마음 한구석이 아렸다. 이번엔 좀 더 커 보이는 소포를 뚫어져라 보았다. 오늘 낮에 있었던 것처럼 소포들의 마음을 읽을 수 있을 진 확신이 없었다. 그럼에도 그는 마음을 다잡고, 소포를 읽기 위해 심혈을 기울였다. 다른 소포들에 비해 커 보이는 이 물건에는 어떤 내용이 담겨있을지 궁금하기도 했다. 낮에 했던 행동을 똑같이 반복했다. 그가 눈을 감고, 기억을 되찾고 있을 무렵 다시 한번 새로운 장면이 그의 머릿속에 불을 켜고 자리를 잡았다. 그때 그는 그 장면을 쭉 찬찬히 살펴보았다. 이 큼지막한 소포는 '둔산 우체국'에서 부자가 보낸 소포였다. 아빠 손을 잡고 우체국에 온 아들과 아빠는 포장해온 이 물건을 상자 안에 넣었다. 아빠 손을 잡고 온 아들은 눈을 감곤.

'엄마가 제 선물을 받도록 해주세요. 제발요.'

아들 옆에 있던 아버지도 눈을 감고.

'꼭 유주 씨가 내 소포를 받길.'

두 사람의 상황이 어떠한지 그가 확실히 알지 못했다. 하지만 부자가 보내는 이 물건이 얼마나 그들에게 소중하고 간절한지는 알 수 있었다. 그렇기에 그는 내일. 오늘 오전에 읽었던 40대 여성이 보냈던 소포와 이 부자가 보냈던 소포에 적힌 연락처를 통해 전화를 해보기로 결심했다. 오늘 그는 비록 영주 씨에게 불편함을 샀지만 그는 오늘 있어서 자신의 새로운 능력들을 알아냈다. 바로 자신이 사람들의 마음을 읽을 수 있다는 능력. 그리고 소포들의 마음까지 읽어낼 수 있다는 능력을 말이다. 이 나이가 되기까지 그는 사실 여유를 누릴 수 없었다. 그래서 그런지 그는 자신의 삶 속에서 행복을 찾을 수 없었다. 또, 자신은 불행한 사람이라고 생각했다. 하지만 이 우체국에서 근무를 하게 되며 자신을 또 한 번 새롭게 알게 되었다. 마지막으로 우체국의 문을 잠그고 내일의 새로운 출발을 향해 집으로 갔다.

능력을 알아낸 지 2일차 아침. 오늘은 알람 소리에 일어나지도 않고 그냥 눈이 저절로 번뜩 뜨였다.
"얼른 소포들의 마음을 읽어 달라는 바람일까?"
오늘은 좀 더 사람들을 자세히 관찰하고자 했기 때문에 버스를 타지 않고 자신의 일자리를 향해 걸어갔다. 아침의 상쾌한 공기와 함께. 둥지를 짓기 바쁜 참새들이 나뭇가지를 물고 어디론가 바르게 날아가는가 하면. 깔깔거리며 웃기 바쁜 여고생들의 모습도 볼 수 있었다. 버스를 타고 다니다 여유롭게 길을 걸으며 일자리로 향하는 오늘 하루도 나쁘지만은 않았다. 횡단보도를 건너 우체국에 도착한 그는 평소와는 다른 점을 느꼈다. 무언가 사람의 인기척이 느껴진 달까.
'하….'
영주 씨가 아침부터 대걸레질을 하며 우체국 안을 청소하고 있었다. 매일 청소하던 그를 보고 미안함을 느꼈던 것일까. 소포 마음 읽기를 얼른 하고 싶어 기대를 했던 그였건만. 영주 씨로 인해 그의 계획이 민들레 씨처럼 흩어졌다.
"좋은 아침입니다. 일찍 오셨네요."
"아 예, 항상 진태 씨가 청소를 하시다 보니 저도 한번 해야 할 것 같아서요."

그는 어색한 미소를 또 한 번 지어 보이고는 그녀에게 물었다.
"오늘 소포 폐기하는날 맞죠?"
"예 맞아요. 1시쯤 한다고 했으니까 마지막으로 정리 한번 부탁드려요."
어제 전화를 하기로 마음먹었던 두 소포들을 내놓았다. 그림이 그려져 있는 소포엔 보내었던 40대 여성의 이름과 그 어머니의 이름이 쓰여 있었다. 먼저 소포를 받아야 할 그 여성의 어머니 연락처로 전화를 했다. 번호를 누르고 맞는지 다시 한번 확인을 한 후 전화를 걸었다. 몇 번의 신호음 뒤 그의 폰에선 이러한 음성이 들렸다.
"지금 거신 번호는 없는 번호입니다."
"없는 번호라고…?"
다시 한번 번호가 맞는지 확인을 하고 걸었지만 돌아오는 대답은 같았다.
"번호가 바뀌셨나?"
어쩔 수 없이 이번엔 소포를 보냈던 그 40대 여성의 번호로 전화를 걸었다. 신호음이 계속 갔다. 수도 없이 갔을 무렵. 누군가가 전화를 받았다. 그러고는 약간의 힘없는 목소리로 그에게 물었다.
"여보세요?"
"아 네 저는 진천동 우체국 관리자 김진태입니다. 혹시 성함이 김미현 씨 맞으신가요?"
"아 예. 제가 본인입니다. 왜그러시죠?"
"아 다름이 아니라 진천동 우체국으로 보내신 소포가 보관될 수 있는 날이 지나서…. 혹시 소포를 받으셔야 하는 분께 무슨 일이라도?"

그가 말 끝을 약간 흐려 말했다. 정적이 끊임없이 흐르곤.
"이 소포를 받으셔야 하는 분이 없어요."
그녀의 정적 사이로 들리는 그녀의 목소리에선 약간의 떨림이 느껴졌다. 그리고 그는 이 상황이 어떻게 흘러가고 있는지 조금은 알 것 같았다. 그래서 그는 그녀에게 침착하게 물었다.
"아 그러시군요. 폐기처분 하면 될까요…?"
"네 그렇게 해주세요."
통화를 끊고 난 후 그의 눈시울이 조금 붉어졌다.
소중한 사람이 이 세상에 없어 자신이 보낸 소중한 소포를 못 받는다는 것은. 그것은 어떤 감정인지 짐작할 수 있었기에. 논현동 우체국에서 김미현 씨가 보냈던 소포는 오늘 1시 폐기 처분이 될 예정이다. 그는 포스트잇에 '폐기'라고 적어 그 소포에 붙이었다. 그가 어제 읽었던 이 소포의 기억에서 미현 씨는 정말 어린 소녀 같았는데. 미소를 띠고 밝은 목소리를 가지고 있던 사람으로 알았는데. 오늘 전화를 해본 3개월 후의 미현 씨는 완전히 다른 사람이 되어있는 것만 같았다. 이번엔 두 번째 소포의 연락처로 전화를 해보기로 했다. 이번에도 마찬가지로 소포를 받아야 할 사람에게 전화를 걸었다.
'부자가 보내었던 이 소포는 과연 누가 받아야 할 소포일까…?'
그는 떨리는 마음으로 전화를 걸었다. 신호음이 몇 번 가고 누군가 전화를 받았다.
'덜컥'
소리와 함께 여린 목소리를 가진 여성이 물었다. 약간의 경계심도 함께.
"여보세요…?"

"아, 네 안녕하세요. 저는 진천동 우체국 관리자 김진태입니다. 혹시 정유주 씨 맞으신가요?"

"아 네 제가 정 유 주 입니다. 혹시 무슨일로?"

"아 본인이시군요. 다름이 아니라 소포를 3개월 동안 받지 않으셔서요."

"소포요? 제가 받아야 할 소포가 없을텐데."

"둔산 우체국에서 윤장우 씨가 보내셨습니다."

"어…어.. 그 사람이 왜 저한테. 받아야 할 게 없을 것 같은데 그냥 폐기…."

정유주 씨는 사연을 들어보지도 않은 채 폐기를 부탁했다. 하지만 그가 어제 읽었던 소포의 마음에서 부자는 너무나 유주 씨가 이 소포를 받길 간절해 했었다.

"둔산 우체국에서 장우 씨와 그 아드님이 유주 씨가 소포를 받길 정말 간절해 했습니다. 그래도 폐기처분 하면 될까요..?"

몇 초간의 정적이 물 흐르듯 흘렀다.

"…받고 필요 없으면 폐기해도 되는 거잖아요. 그쵸 그런거죠…?"

"그럼요 일단 소포를 한번 받아보세요."

"일단 알겠습니다. 진천동 우체국 맞죠?"

"예 맞습니다."

그는 자신이 소중한 마음이 담긴 하나의 소포에게 다시 한번 기회를 준 것 같아 마음속으로 약간 뿌듯했다. 진태 씨가 일하고 있는 우체국에선 소포를 직접 받으러 오는게 원칙이라. 직접 만나면 유주 씨에게 꼭 이 소포를 전해야겠다고 다짐했다.

저기서 누군가가 그에게 터벅터벅 걸어왔다. 꽃무늬로 된 원피스를 입은 약 30대 초반으로 보이는 여성이었다. 바람으로 인해 원피스의 끝자락이 약간 날릴 듯이 살랑거리고, 그녀의 표정은 읽을 수 없을 정도로 복잡해 보였다.
"제가 정유주 인데요. 혹시 받아야 할 소포가."
"아 네 여기있습니다!"
그녀는 그 소포를 들고 가만히 멍하게 서 있었다. 그러다 의자에 앉아 소포를 차근차근 열어보았다. 고무줄로 꽉 묶은 단정한 머리와는 다르게, 그녀의 표정엔 여러 가지가 뒤섞여 있어 알 수 없을 정도였다. 그래서 그런지 그도 그녀의 마음을 읽기엔 조금 복잡했다. 얇디얇은 손가락으로 소포를 조심스럽게 뜯자 그곳엔 두 개의 편지가 들어있었다. 하나는 윤장우 씨가 쓴 편지, 하나는 장우 씨의 아들 민준이가 쓴 편지였다. 그 두 개의 편지엔 장우 씨와 민준이가 유주 씨에게 쓴 안부의 편지였다. 한편으로는 서로의 솔직한 마음을 적은 편지이기도 했다. 그녀가 그 편지를 읽을 무렵 그는 그녀를 빤히 쳐다보고는 눈을 감고 그녀와 부자와의 관계를 깊이 생각했다. 주마등처럼 스치는 장면을 찾고, 되찾아 눈을 조금 더 세게 감았다. 그들은 남들과는 조금 특별한 관계였다. 아니, 그들이 평범한 걸지도 모른다. 유주 씨와 장우 씨는 이혼을 한 상태였고, 그 아늘 민준이는 지금 장우 씨와 함께 사는 상태였다. 부자가 꾹꾹 눌러쓴 그 편지는 유주 씨에게 그 무엇보다 소중해 보였다. 그리고 그 소포에는 편지뿐만 아니라 셋이 함께 했었던 추억의 사진, 엽서 이것저것이 담겨있었다. 유주 씨는 두 개의 편지를 붙잡고, 눈물을 하염없이 흘리기만 하였다. 진태 씨가 간절히 유주 씨에게 말하지 않았다면 이루어지지 않았을 그들의 애틋한 속마음이, 유주 씨에게 전달되지 않았을지도 모른다. 하지만 진태 씨가 있었기에 유주 씨는 부자의 진정한 속마음을 다시 한번 깨닫게 되었다.

"저에게 다시 한번 기회를 주셔서 정말 감사합니다. 당신이 없었다면 이 소중한 소포를 받지 못했을 거예요. 정말 진심으로 감사합니다."

그는 말 대신 웃음을 지어 보였다. 유주 씨가 우체국을 떠나고, 영주 씨는 고개를 갸웃거렸다. 갸웃갸웃 도 몇 번, 그 둘은 다시 자신의 일에 열중했다. 자신의 속마음 읽기로 사람들에게 도움을 줄 수 있다는 것에 진태 씨는 기분이 좋았다. 한시가 되기 전 많은 사람들은 우체국을 들러 자신의 소중한 물품들을 보냈다. 그리고 소중한 물품들을 받아가기도 했다. 진태 씨와 영주 씨는 그 물건들의 주인이 오기 전까지 소중하게 보관했다. 한시가 되자 폐기할 소포들을 수거하는 분이 우체국에 오셨다.

"폐기할 소포를 받으러 왔습니다."

"아 예, 잠시만 기다려주세요."

그는 두 손 모아 마지막으로 폐기 되어질 소포에게 작별 인사를 했고, 그 소포를 그에게 드렸다.

"폐기할 소포가 하나뿐인가요?"

"그럼요, 저희 우체국에선 폐기 소포가 거의 들어오지 않는걸요. 이제 앞으로 안오셔도 될 것 같습니다!"

"아 정말요? 기쁜 소식이네요. 좋은 하루 보내세요."

6시가 다되어가자, 그는 오늘 하루를 마무리하기 위해 마지막 소포 정리를 끝냈다. 내일은 또 다른 새로운 일이 있길 바라며 그는 마지막으로 진천동 우체국을 소등했다.

요 며칠 그는 소포 마음 읽기와 사람들의 마음 읽기에 열중했다. 그러다 보니 그는 어느샌가 사람들에게 많은 도움을 주고 있었다. 일을 빨리빨리 처리하지 못하는 그에겐 항상 손가락이 먼저 날아오기 일쑤였는데, 지금 진천동 우체국에서 많은 사람들은 모두 진태 씨를 찾고 있다. 진천동에서 그를 모르는 사람이 없을 정도로 말이다. 그럼에도 그의 마음 읽기 활동을 아는 사람은 아무도 없다. 그건 그만이 가지고 있는 아주 비밀스러운 능력이기 때문이다.

🟫 오늘도 그는 일을 하기 위해 우체국에 제일 먼저 도착했다. 진정한 여름을 맞이하기 위해 그가 오늘 아침부터 하는 일은 그동안 쓰지 않았던 에어컨을 청소하는 것이다. 매일 소포 정리로 아침을 보냈던 그였는데 이젠 너무 더워 소포 정리까지 못할 지경에 이르렀다. 그래서 그는 에어컨 주변과 에어컨 날개를 꼼꼼히 닦았다. 뽀얗게 앉은 먼지가 우체국의 세월을 말해주는 느낌이었다. 먼지로 인해 기침도 나왔지만, 에어컨을 열심히 청소하고 난 후 느끼는 찬 바람은 그에게 있어 또 다른 행복이었다. 에어컨의 찬 바람을 느끼며 그는 자신의 자리에 앉아 큰 택배들의 마음을 읽기 위해 주변을 이리저리 살폈다. 택배는 크기가 크다보니 작은 소포들보다 마음을 읽는 시간이 조금 걸렸다. 다소 기억을 잘못 찾아 다른 마음을 읽은 적도 있었다. 그래도 지금은 꽤 적응이 된 상태이다. 찬 에어컨 바람이 작은 진천동 우체국 안을 빙 둘러쌀 때, 한 아이가 우체국으로 들어왔다.

"아저씨 진천동 우체국 관리자 김진태 아저씨 맞죠?"

말을 길게 빼며 동그랗고 큰 눈을 가진 한 여자아이가 그를 바라보았다.

"어… 맞는데. 너가 날 어떻게?"
"아저씨 완전 유명해요! 저희 학교에서요. 막 아저씨 있잖아요. 사람들 도움 필요한거 다 도와주고 말도 안 걸어봤는데 막 다 알고 그러잖아요. 맞..죠.?"
그 아이가 흥분하며 말했다. 그는 머쓱하게 웃어보였다.
"그래서 말인데요. 아저씨,, 제 고민 좀 들어주시면 안돼요..?"
그가 당황해하며 말했다.
"고민이라니…. 난 고민 같은거 잘 못 해결하는데…."
"왜 못 해결해요?? 사람들 그렇게 많이 도와주시면서 왜요? 왜요..왜 안돼요?"
"아아 진정.. 그래. 일단 어디 한번 들어보기라도 하자.. 뭐가 그렇게 고민인데..?"
"아니 그니까요.. 제 고민이..그니까.."
아이가 쭈뼛쭈뼛하며 말을 멈추곤 했다. 그 찰나 그는 그 아이의 마음을 읽었다. 그 아이의 속마음을 읽어 진정한 고민을 풀어주기 위해서였다.
"너 좋아하는 얘 있구나..?"
"ㅇ..에..?? 아니에요 아닌데.. 진짜 아닌데 아니라구요.."
"아니긴.. 좋아하는 애가 있는데…… 고백이 어려워?"
"아.. 어떻게 아셨지.. 아저씨 진짜 대박."
그 아이가 엄지손가락을 지켜 들며 말했다.
"아니.. 좋아하는 얘가 있긴 있는데요. 제가 고백을 해도 될지 모르겠어요.. 학교에 더 예쁜 애들도 많은데 저 같이 이런 못생긴 애가 고백을 해도 되는걸까요? 너무 부끄러워요."
아이가 솔직하게 자신의 고민을 털어놓았다.

"고백 하면 뭐 어때. 예쁘든 말든 너가 하고 싶은 대로 해. 아저씨가 봤을 때 넌 매력 있는 아이야. 고백했다 차이면 뭐 어때? 그리고 지금이 아니라도 나중에 널 좋아하는 사람이 분명 생길 거야. 아저씨가 이렇게 약속할게."
그는 그 아이에게 자신감을 불어 넣어주었다. 그 아이가 어디에 서든지 기죽지 않게 말이다.
"아저씨 정말 저 그래도 되는거 맞겠죠..? 아저씨 믿으면 되죠? 저 진짜 후회 안하고 살래요. 저 하고 싶은거 다 히고 살래요!!"
"그럼그럼 멀리서 너를 응원하마. 오늘도 학교생활 잘하고 파이팅이다!"
"네 아저씨두요. 파이팅!"
그는 자신의 말에 자신감을 얻은 그 아이의 웃음을 보고, 또 한 번 행복함을 느꼈다. 자신의 이런 소박한 말 하나하나에 자신감을 얻다니 그 아이에게 너무나 고마웠다. 그렇게 기쁜 마음으로 오늘도 최선을 다해 맡은 일을 했다. 매일 매일 반복되는 하루지만 그는 새로운 일처럼 항상 행복하게 항상 신나게 일을 했다. 그 모습을 본 많은 사람들도 그에게 행복 바이러스를 전파받았다. 또한, 요 몇 달간 진태 씨 덕분에 폐기되는 소포들도 수를 줄여나갔고, 작은 진천동 우체국은 웃음으로 하루하루가 빛이 났다. 그가 어느 때와 비슷하게 재고 정리를 하며 키보드를 타닥타닥 두드리는 동안 낯이 익은 얼굴이 그에게 다가왔다.
"안녕하세요."
'낯은 익은데 이름이….' 그는 고개를 갸웃갸웃 거렸다.
"예 안녕하세요. 근데 누구…?"

"아 저를 잊으셨을 것 같은데 감사함에 한번 찾아뵈러 왔네요. 기억 나시려나.. 그 폐기소포 정유주."
"정유주….정유주….정..아!!"
그가 마침내 그 사람을 기억해냈다.
'이혼한 남편과 아들의 진정한 속마음을 깨닫게 된 그 여성'
"아 저를 기억하시다니. 정말 감사하네요. 다름이 아니라 제가 그때 이후로 행복하게 다시 살고 있어서요. 다시 한번 감사의 인사를 전하고자 감사했습니다. 정말."
"아 아닙니다. 저는 해야하는 일을 했을 뿐인데요. 뭐…."
그가 뒷머리를 긁적이며 말했다.
"다음에 또 한번 시간이 난다면 찾아 뵙도록 할게요. 감사합니다."
"네, 그럼 안녕히가세요."
감사의 말을 한번 더 듣게 된 그는 웃음을 지어 보이며 자신의 선에서 최선의 일을 했다. 사람들이 집처럼 편하게 들를 수 있는 우체국을 만들기 위해서 말이다. 그렇게 며칠이 지났을까.

📦 선선한 주말 아침, 바람이 그의 살갗을 간지럽혔다. 한쪽 손엔 신문 그리고 한쪽 손엔 가방을 들고 출근 준비를 했다. 가지 정리가 잘 된 소나무를 보며 놀라기도 하고, 아침부터 학원을 가는 학생들을 보며 대단하다고 생각하기도 했다. 여느 때와 다름없는 여유로운 날이었다. 오랜만에 버스를 타고 출근하기 위해 버스 정류장에 앉아 버스를 기다렸다. 그런데 누군가 그를 애타게 불렀다.
"아저씨!! 아저씨!!"
전에 봤던 그 여자아이였다. 눈이 동그래진 그가 아이에게 물었다.

"날 또 왜 찾아온거니…?"

"아저씨, 정말 아저씨 덕분에 너무 자신감을 많이 얻었어요. 한 껏 밝아진 저의 성격 때문에 많은 친구들을 사귀기도 했구요."

그 아이는 자랑스럽다는 듯이 감사의 인사를 전했다.

"오 정말? 그거 정말 좋은 일이구나. 너에게 좋은 소식이 있다니 나도 덩달아 기분이 좋아지는걸?"

"아저씨, 근데 제 친구들도 아저씨에게 고민 상담을 받고 싶어 해요. 이렇게 따듯한 조언을 해주는 어른은 아저씨밖에 없다구요! 음..아저씨의 고민상담소를 만들어 주시면 안돼요…?"

"고…고민상담소??? 내가…? 난 우체국 일로도 바빠. 고민 상담 을 하기는 조금……."

그가 당황해하며 말했다. 아이는 실망한 듯이 입을 삐쭉거렸다.

"못 해주시는 거예요? 아저씨는 많은 사람들에게 도움을 주길 원하시잖아요. 저도 아저씨로 인해 여러 조언을 얻으며 아저씨 같 은 그런 멋진 어른이 되고 싶어요. 제가 아저씨의 파트너를 할게 요! 파트너! 아저씨 한번 생각해보세요. 네?"

"그래, 일단 생각 한번 해볼게."

그가 작은 한숨을 내쉬며 말했다. 그는 버스를 타고 창밖을 바 라보며 곰곰이 생각했다.

'내가… 사람들의 고민을 잘 들어 줄 수 있을까? 그 아이를 실망 시키지 않을 수 있을까?'

그는 꽤 깊은 고민을 했다. 그러고 그는 다짐했다. 한번 해보기 로….

상담을 들어주는 것을 말이다. 실패하든지 말든지. 그냥 한 번 내던져 보기로 결심했다. 신문과 가방을 한 손에 들고 숨이 턱

끝까지 찰 때까지 우체국으로 달려갔다. 계속 달렸다. 우체국에 다다르자 그는 큰 한숨을 쉬고 먼저 와 계신 영주 씨에게 솔직하게 얘기했다. 자기가 고민 상담을 한번 해보고 싶다고, 사람들의 간절한 고민을 들어주고, 도움을 주고 싶다고. 그녀는 그런 그의 이야기를 흔쾌히 허락해주었다. 마침내, 우체국 구석 작은 창고에서 그의 두 번째 일이 시작되었다.

■ 진태 씨의 두 번째 일이 시작되는 날 아침. 그는 너무 떨려 잠을 한숨도 자지 못했다. 일어나자마자 심장은 콩닥콩닥 빠르게 뛰었다. 마치 번지 점프를 하기 전 인 듯 그의 심장은 수축과 이완을 반복했다. 혹시나 자신의 고민상담소로 인해 피해보는 사람이 있진 않을까 걱정이 되어서였다. 두 가지 일을 함께 해야 하다 보니 그는 오늘 더욱 일찍 출근했다. 출근하자마자 창고를 청소했다. 뽀얀 먼지들이 잔뜩 앉은 걸 보니 놀란 그였지만, 놀라긴 일렀다. 사람들을 맞이하기 위해 오늘은 영주 씨처럼 청소했다. 상담소를 운영하지만 소포 재고 확인도 잊지 않았다. 그리고 폐기 소포들도 잊지 않았다. 그때,

'덜컹'

우체국 문이 열리고, 수염이 잔뜩 있는 어느 한 사내가 영주 씨에게 물었다. 그 사내는 굵디 굵은 목소리로 자신의 수염을 어루만지며 말했다.

"오늘부터 고민상담 하는거 맞죠?"

그의 말이 끝나자마자 영주 씨가 밝은 목소리로 답해주었다.

"네 맞습니다. 저쪽 창고로 가보세요."

'똑똑똑'

노크 후 그가 문을 열고, 진태 씨 앞으로 가 앉았다. 진태 씨는 밝은 미소로 그를 반겨 주었다.

"안녕하세요. 저는 진천동 우체국 관리자 김진태입니다. 만나서 반갑습니다."

그가 조금의 침묵 후 말을 꺼냈다.

"만나 뵙게 되어 반갑습니다. 저는 평범한 직장인 김흥수입니다. 고민이 있어 왔는데요…"

사내는 말을 길게 빼며 말하였다.

"편하게 말씀하세요. 괜찮습니다."

"사실 저희 어머니가 암으로 인해 몇 년간 투병을 하다 돌아가셨어요. 어릴 적부터 항상 제 옆에 계시던 어머니가 돌아가시니…. 뭘 해야 할지 모르겠고, 막막하고 그래요. 저..어쩌면 좋을까요?"

딱딱해 보이는 겉과는 달리 여린 속마음을 가지고 있는 소년 같은 모습이었다. 진태 씨는 잠시 고민하다 말을 꺼냈다.

"어머니가 돌아가시니.. 참 막막하시겠어요……."

그러고는 그는 자신의 옛 과거를 회상하며 그에게 따스한 조언을 해주었다.

"저도 저희 어머니가 돌아가셨을 때 참 막막했어요. 한참을 울었죠. 근데 그렇게 세상이 무너질 듯 울어도… 바뀌는 게 없더라고요. 매일매일 찾아뵙지 못했던 부모님께 너무 죄송한 마음이 들고 후회가 되더라고요. 그래서 저는 제 자신에게 이런 마법 같은 말을 했어요. 사실 우리가 매일매일 부모님을 뵈러 가진 않잖아요? 그러니까 지금 부모님이 돌아가신 거라고, 이 세상에 없으신 거라고 한숨 쉬시면서 불행해 하지 말고, 어머니랑 잠시 떨어져 있는 거라고 생각하세요. 그런 마법 같은 말을 불어넣으세요. 어머님도 흥수 씨가 불행해 하는 것을 원치 않으실 거예요. 그러니 자신에게라도 최면을 거세요. 나는 단지 부모님과 떨어져 있는 거라고 다시 꼭 만날 수 있다고요…….''

그가 말을 끝내고 흥수 씨를 바라보자 흥수 씨는 눈에서 눈물을 똑똑 흘리었다.

"꼭 그렇게 저에게 좋은 쪽으로 최면을 걸게요. 감사해요..''

"도움이 됐다면 정말 다행입니다. 어머님도 흥수 씨가 행복하시길 바라실 거예요. 당신의 삶을 응원합니다..!''

흥수 씨는 그에게 인사를 하며 창고를 나갔다. 그는 어느샌가 자기도 모르게 처음 보았던 사람들의 생활을 응원하고 있었다. 또한, 자신이 한 말들로 인해 사람들이 가지고 있는 마음의 병을 치료할 수 있다는 사실도 행복했다. 창고에서의 고민 상담을 마치고 창고정리를 한 후 그는 창고에서 나와 휴식을 취했다. 커피믹스 비닐을 뜯고 물에 태워 마시며 우체국 주변을 빙 둘러 다니며 안정을 취했다. 다닥다닥 붙어있는 건물 사이로 지나가는 삼색 고양이와 열을 지어 나무를 오르는 개미 떼들은 그의 마음을 한결 편하게 해주었다. 그렇게 몇 분이 흐르고 다시 그는 우체국 안으로 들어갔다.

"56번 손님!''

"네, 저 택배를 찾으러 왔는데요. 이름은 김현민이요.''

그는 그 학생의 말을 듣고 선반으로 가 현민 학생의 택배를 찾았다. 이제 어느 정도 마음 읽기가 적응된 그는 단 몇 초만 보아도 그 물건에 어느 사연이 있는지 다 알 수 있을 정도가 되었다. 현민 학생이 받아야 할 택배는

'보자보자… 저거다.'

그가 속으로 외쳤다. 그 택배를 가만히 바라보니 이미 몇 번 쓴

흔적으로 보이는 낡은 문제집들이 눈에 아른거렸다. 집안 형편이 좋지 않은 현민이는 부모님들의 피해를 덜어드리고자 몇 번 쓴 중고 문제집을 풀기 위해 싼 가격으로 산 것이다. 어린 나이에 벌써 철이 든 현민 학생을 바라보니 참으로 기특했다. 교복 주머니에서 나온 천 원 자리 지폐와 녹이 다 쓸어버린 동전들을 받았다. 그런 현금을 받으니 어느 정도 현민이의 가정 형편이 어떤지 알 수 있을 것 같았다. 교복도 꼬깃꼬깃, 흰 가방은 때가 타 무슨 색인지 알 수 없어 보였다. 그 모습을 보고 진태 씨는 마음이 아팠다. 비록 가난했음에도 불구하고 포기하지 않고, 자신의 꿈을 위해 뒤쫓는 현민이를. 그는 본받고 싶었다. 가난은 부끄러운게 아니니까.

그가 소포 마음 읽기와 사람들의 마음 읽기에 열중하게 되면서 그의 삶에선 조금 의미 있는 사람들이 많아졌다. 예전 같았으면 그냥 지나쳤을 남이 되었을 그런 사람들이, 이제는 그에게 다르게 보였다. 뭐 하나를 하더라도 그 사람들의 행동이 더 눈에 띄게 보였고, 더 의미 있게 보였으며 진천동 우체국을 방문하는 사람들을 응원하게 되었다. 홍수 씨 이후로 고민 상담소는 지금도 열일 중이다. 하지만 모든 사람들이 고민 상담을 받기 위해 찾아오는 것은 아니다. 가끔은 그를 응원하기 위해. 가끔은 그의 안부를 묻기 위해 오기도 한다. 그러면서 그에게는 일상을 공유하는 여러 친구들이 생겼다. 그것을 보면, 이 우체국에서 일하는 것이 그의 두 번째 삶의 시작이라고 그는 말하고 싶다.

꽃샘추위가 시작될 봄부터. 햇볕이 강하게 내리쬐는 여름을 뒤로하여. 붉은 노랑 단풍 떨어지는 가을 지나. 우체국 앞에 두 개의 눈사람이 만들어지는 사계절이 수십 번을 반복할 때까지 그는 우체국을 떠나지 않기로 다짐했다. 손가락질 받으며 매일 욕을 먹으며 일을 하던 어린 날의 진태 씨가 이젠 아니다. 이젠 사람들에게 롤 모델이 되어버린, 두 가지 일을 동시에 하는 멋진 오늘날의 어른으로 한 발짝 더 성장한 진태 씨 이다. 그런 진태 씨의 오늘 하루 일상을 공유하자면 그는 요즘 매일 밤 우체국을 퇴근하기 전에 자신에게 편지 한 장을 적으며 오늘 하루를 마감한다. 자신의 하루에 마침표를 찍는 것이다. 이제는 우체국 담당자 진태 씨가 아닌 평범한 아파트에 사는 그냥 편하디 편한 동네 아저씨로 탈바꿈 하는 과정이다. 그에게 있어 이 우체국은 그의 삶에 많은 것을 일깨워준 곳이다. 교통사고로 인해 삶이 무기력해진 진태 씨에게 우체국이 준 두가지 능력을 그는 허투루 쓰지 않을 것을 다짐했다. 그는 이 세상에서 생을 마감할 때까지 사람들에게 도움이 되는 쪽으로 이 능력을 사용할 것이다. 우체국 문을 닫고, 들려오는 매미 소리를 들으며 집으로 향했다. 집으로 돌아가면서 고민 상담소를 만들어 달라 했던 그 어린 꼬마 아이에게 그는 아직도 감사의 인사를 전한다. 그 아이가 지금은 어떤 생활을 하고 있을지 모르지만, 그 아이를 만날 때까지, 진태 씨가 하는 두 번째 일, 창고에서 이루어지는 진태 씨의 고민 상담소는 매일 환영이다.

2035년 12월

"아저씨 무슨 생각을 그렇게 하세요?"

"아잇 미안하다. 널 보니 갑자기 옛 생각이 나네…. 잘 지냈고?"

"그럼요. 제가 그때 이후로 중학교 가서도 얼마나 긍정적이게 됐는지 아세요? 아저씨는 진짜 저한테 너무 감사한 사람이에요. 그때 아저씨를 만나지 않았더라면 이렇게 됐을까요?? 아 맞다 아저씨 있잖아요. 그래서 제가 고등학교를 갔는데…….

그는 그의 창고에서 그 학생과 몇 시간 동안 수다를 떨었다. 옛날 얘기부터 시작해 그동안 어떻게 지냈는지. 이제 고민 상담소가 생긴 이유가 되어버린. 그 학생이 왔으니, 진천동 우체국은 더 뜨겁게 달릴 예정이다. 모든 사람들아, 이제부터 진천동 우체국은 다시 새 발걸음을 내딛는다! 모두 진태 씨의 마음 읽기 활동을 응원해 주길…….

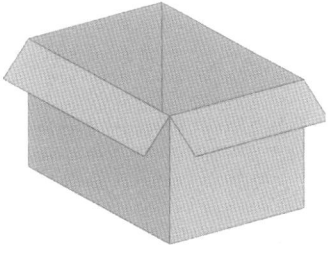

차림상 5 환일야(奐日夜)

자, 가자.
멸망이 아닌 혁명으로.

-이정하 요리사-

상(上)

중(中)

하(下)

上

츠팟!
주원의 손목에 있는 시계에서 작은 스파크가 일어났다.
"악! 아, 바꿀 걸 그랬나……. 좀 세네."
그러고는 주원은 일어났다. 그리고 옷을 갈아입고 긴 머리를 묶고, 방을 나와서 밥을 차렸다. 주원이 밥을 차리고 있는 사이, 뒤에서 중년의 여성 목소리가 들렸다.
"밥은 다 차려지나?"
"이제 끝나갑니다."
"음, 확실히 주원이는 일도 잘해. 빨리 사위로 삼고 싶단 말이야."
"감사합니다."
여자는 밥이 다 되기를 기다리며 문서를 보고 있었다. 목소리는 주원의 주인, 이성화였다. [성화]라는 반도체 산업체를 이끌고 있는 우리나라의 대기업의 회장이다.

"아, 그리고 밥 다 되면, 상아 좀 깨워줄래? 요즘 늦게 일어나더라."

"네. 그럼 지금 아가씨에게 가겠습니다."

부엌을 지나, 작게 '어머니와 주원이 외 출입금지'라고 붙어있는 방문을 두드렸다.

"상아 아가씨, 저 주원입니다."

"으음, 들어와⋯⋯."

주원이 문을 열고 들어오는데, 침대에서 아직 잠에서 벗어나지 않은 소녀가 있었다.

"아가씨, 일어나서 아침 드시고 학교 가셔야 합니다."

"음. 안아주면 바로 일어날게."

주원은 작게 한숨을 쉬며 이상아를 가볍게 안았다.

"이제 침대에서 일어나셔야 합니다."

"알겠어⋯⋯."

주원은 이상아의 뒤를 따라 부엌을 향해 걸어갔다. 이성화와 이상아가 밥을 먹고 있는 동안 벽면의 유리 스크린에서 뉴스가 나오고 있었다.

"다음 소식입니다. 5계급인 A 씨가 2계급인 SMF의 박형우 이사에게 폭행을 저질러 오는 금요일에 사형에 처한다는 재판을 받았습니다."

"왜 저렇게 해서 명줄을 줄이는지⋯⋯."

현재, 주원이 살고 있는 사회는 계급 사회이다. 계급은 1계급에서 5계급으로, 대체로 4~5계급이 많은 편이다. 그중, 이성화는 기업의 회장으로 1계급이다. 주원은 4계급으로 간신히 사람 취급받는 계급들 중 하나인 계급이다. 그 밑으로는 6,7계급도 있긴 한데, 이 계급들은 아예 사람 취급을 받을 수 없다.

"그런데, 오늘도 주원이가 저 태워서 학교 가는 거예요?"

"어. 이제부터는 내가 못 데려다줄 거 같아. 주원아, 미안해. 내가 주원이 아끼는 거 알지?"

"괜찮습니다."

그렇게 밥을 다 먹고 성화는 자리에 일어나면서 말했다.

"자, 이제 아침도 잘 먹었으니, 나갈 준비를 해야지, 상아야?"

"네……."

이상아는 주원이 자신을 데려다준다는 것에 기분이 좋아 다시 활기차게 뛰어가기 시작했다. 주원은 옷을 갈아입고, 이성화의 차 앞에서 이상아가 나오기를 기다리고 있는데,

띠딕!

손목에서 문자 메시지가 오는 소리가 들려서 손목을 보았다.

이예은
언제 와? 아직도 이상아 기다리고 있어?
학교에서 기다리는데 힘들어 ㅡㅅㅡ

귀여운 메시지와 함께 온 예은의 문자에 가볍게 웃었다가 바로 답장을 넣어주었다.

상아 아가씨가 옷 입는 속도가 느린 거 알잖아.
조금만 기다려.

이예은
야! 너 내가 너 늦게 오면 너 얼굴에……

예은이가 너무 화가 나서 자기도 모르게 날려버린 육두문자를 보고 주원이 웃고 있는 사이, 이상아가 교복을 입고 나왔다.

"뭐 때문에 웃어? 또 그 예은이라는 애랑 얘기해?"

주원은 재빨리 시계를 감추며 대답했다.

"아닙니다."

"맞는 거 같은데, 그 애랑 같이 얘기할 때만 웃잖아, 나한테도 웃어주면 안 돼?"

"우선 먼저 학교 가시죠."

"응……."

이상아는 풀이 죽은 얼굴로 뒷좌석에 탔다. 주원은 백미러를 통해 이상아를 보고 말했다.

"제가 상아 아가씨가 좋아하는 간식 잔뜩 사드릴 테니 기분 푸세요."

그 말에 이상아는 흥분하며 말했다.

"진짜?"

"네."

그렇게 이상아의 기분을 풀어준 주원은 차의 시동을 걸었다.

*

"아가씨, 도착했습니다."

"으음, 벌써 도착했어?"

원천 고등학교. 주원과 이상아, 이예은이 다니는 고등학교이다. 학교에서는 직접적으로 계급이 나뉘어 있지는 않지만, 실제로는 반이 S와 I로 나뉘어 있다. S(superior:우월)는 1,2,3 계급,

I(inferior:열등)는 4,5 계급이 모여 있다. 학교는 보통 1,2,3 계급을 위해 만들어졌었지만, 지금은 자신의 하인이나 집사를 데리고 오기를 바라는 학생들과 지지하는 학부모들이 있어서 원천고처럼 이렇게 4,5계급도 다닐 수 있게 하는 학교들이 생겨났다.

"점심시간 중간에 이성화 주인님에게 보고를 올려야 되니, 찾아 뵙겠습니다."

"응. 알겠어."

이상아는 헤어지는 것이 싫었는지 뾰로통한 표정으로 가방을 메고 S 반 쪽으로 올라갔다. 주원은 그 뒷모습이 안 보일 때까지 보고 있다가, 자신도 I 반 쪽으로 걸어갔다.

지이잉.

자동문이 열고 들어가자, 주원은 불길한 예감을 느끼고 책상 한 편을 봤다. 주원이 예은이에게 잠깐만 기다리라고 말하지 않았던가. 주원은 예은이의 책상으로 가서 예은이한테 해명을 하기 시작했다.

"예은아, 그게 내가 오다 보니까 점점 시간이……."

"그래도 얘기는 했어야지!! 왜 얘기도 안하고 멋대로 늦어!! 내가 너 얼마나 기다렸는지 알기나 해!!"

귀가 째질 듯 한 목소리에 주원은 귀를 막았다. 주원은 귀를 막고 있던 손을 치우고 말했다.

"아, 알겠어. 미안해. 다음부턴……."

"알겠어. 그럼, 이번 주에 나랑 놀러 가."

주원은 잠시 생각하다가 대답했다.

"뭐, 알겠어. 그러면 주말에 가자."

예은이는 알겠다며, 얼굴을 붉히며 자리로 돌아갔다. 주원은 그런 예은이를 보며 미세한 웃음을 지었다.

*

"자, 다들 점심시간이니까, 수업 전까지 잘 먹어라."
"네에."
주원은 자리에서 일어나 바로 반을 나가려고 했는데, 예은이는 방금 전 자다가 깬 목소리로 주원을 불렀다.
"어디가……."
"당연히 S 반 가지. 어디 가겠어."
"가지 말고 내 옆에서 잠깐만 있어봐……."
주원이 돌아보니까 예은이는 그저 자면서 잠꼬대를 하고 있었다. 주원은 학교에서 잠꼬대를, 예의 없네라고 생각하며 반을 나갔다.

지이잉. 툭.
반에서 나와 S 반에 도착한 주원은 문을 열려고 하는 순간,
"야, 너 몇 계급이야?"
'역겹다.'
주원은 늘 그렇게 생각했다. 주원은 언제나 남들보다 우월한 힘을 가졌음에도 웬만해선 사용하지 않았다. 이성화와 이상아는 주원에게 잘해줘서 그나마 그런 감정이 없었지만, 다시 보니, 몇 배는 더 역겹다고 주원은 느끼고 있었다.
"……4계급입니다."
"4계급이 뭐 하러 왔어? 뭐, 네 주인님 찾으러 왔어?"
"상아 아가씨 지금 반에 계십니까?"
자신보다 아래 등급이 자신의 말을 무시하자, 화가 난 나머지 주먹을 쥔 손으로 얼굴을 겨냥했다.

쒜액!

주먹이 얼굴을 향해 무섭게 다가왔지만, 주원은 그 주먹을 그저 가볍게 흘려보냈다.

콰앙!

"크아악!"

남학생은 바닥을 친 주먹을 감싸 쥐며 소리를 질렀다. 그 뒤로 아직도 중학생 티를 못 벗어낸 것 같은 여학생이 인상을 찌푸리고 있었다.

"야, 이동환. 비켜봐, 주원이 왔는데 왜 막고 있어? 주원아 들어와."

"…백율하 아가씨."

백율하는 싱긋 웃으며 주원이게 말했다.

"안에 상아 있으니까, 빨리 들어와."

주원은 이동환을 제쳐, 백율하 뒤를 따라갔다. 안에 들어가니 분위기가 반으로 나뉘어 있었다. 남학생들은 자신보다 아래 등급이 자신의 반에 들어왔다는 역겨움이, 여학생들은…….

"어? 상아야, 주원이 왔어!"

"와, 언제 봐도 주원이는 잘생겼어. 나도 저런 집사 한 명 있었으면."

"야, 그래도 여자 집사가 나이. 말동무도 되고."

"아, 됐어. 상아야, 나 주원이 좀 주면 안 될까?"

주원은 무표정한 얼굴이었지만, 실제로는 화가 많이 나있었다. 언뜻 보기에는 철없는 여학생들의 말이지만, 말 한 마디, 한 마디에 자신의 소유욕이 들어가 있다.

"주원아, 왜 왔어? 어머니한테 갖다드릴 보고 써야 돼?"

상아가 주원을 반기자, 주원은 생각을 멈추고 상아의 말에 대답했다.

"네. 안 그러시면 어머니가 걱정을 하시니, 보고는 이제 2학년도 됐으니 매일 드린다고 했습니다."

"어? 그럼 매일 오는 거야?"

"네. 이제부터 매일 와서 보고서 올릴 예정입니다."

이상아는 행복에 젖어, 얼굴을 붉혀가며, 오늘 있었던 일들을 말했다. 이상아가 말하면서 잘못된 내용이 있으면 옆의 이상아의 친구들이 정정해 주면서 점심시간 전까지의 수업에 대해 다 들었다.

"다 들었으니 저는 가보겠습니다."

주원이 가려고 하자 이상아가 말렸다.

"점심시간 끝날 때까지는 아직 멀었으니까, 여기 좀 있다가 가. 응?"

주원은 이상아와 친구들의 부탁하는 얼굴을 보고 습관성 한숨을 내쉬며 자리에 도로 앉았다.

"주원아, 근데 이상형 있어? 여자를 딱히 좋아할 것 같지는 않지만, 말이야."

"저를 많이 이해해줬으면 합니다."

그 말에 모두 눈치를 보다가, 주원을 반에 들여온 백율하가 주원의 목을 뒤에서 팔로 감았다.

"흐으음, 그러면 나 어때? 나, 너 진짜로 엄청 이해해 줄 수 있는데?"

그 말을 시작으로 엄청난 말다툼이 일어났다.

"야, 백율하! 네가 여기에서 주원이 엄청 이해 못 하거든? 주원은 그렇게 하는 거 싫어해."

"야, 그게 문제가 아니라 주원이 생각은 어때? 누가 그래도 제일 나아?"

"그래도 상아 아가씨가……."

말이 채 끝나기도 전에 또 다시 말다툼이 일어났다.

"주원아, 너무 한 거 아니야? 아무리 상아도 예쁘지만 많이 돌봐 준다고 그러면…"

"주원아, 그러면 내 집에서 일주일만 지내봐. 그럼 내가 더 좋을 걸?"

"제발. 주원아, 다시 생각해 봐."

그러자 상아가 주원의 팔을 몸으로 감싸며 씩 짓궂은 얼굴로 웃으며 말했다.

"주원이는 20살 될 때 나랑 약혼할 테니까, 주원이 보고 뭐라 하지 마."

"치이, 상아야, 그러지 말고……."

"안 돼!!"

다행히 주원이 피곤해서 쓰러지기 전에 종이 쳤다.

"종이 쳤으니, 저는 가보도록 하겠습니다."

"응……, 잘 가."

주원이 반에서 나갈 때, 앞자리에 있던 이동환이 작게 지껄였다.

"……너 나중에 봐."

주원은 그 말을 무시하고 복도를 지나 I 반으로 향했다.

＊

"주원아!"
학교가 끝나고 차 앞에서 기다리던 주원을 보고 이상아가 달려왔다.
"오늘은 빨리 와 있네?"
"2학년으로 올라오니 1반은 한 교시 빨리 끝나더군요."
"안 지루했어?"
이상아가 걱정하는 눈빛을 보니 주원은 옅은 웃음을 지으며 말했다.
"괜찮았습니다. 그럼 이제 차에 타시지요."
이상아가 차에 타고 문을 닫고 운전석에 탄 주원은 집을 향해 시동을 걸었다.
이상아는 집이 가까움에도 불구하고 바로 곯아 떨어졌고, 집에 도착해서도 깨지 않았다.
"집에 도착하셨는데도 깨지 않으시네."
주원은 이상아를 안고 침실로 데려갔다. 그리고 주원은 창문을 보니 이성화는 서재에 있었다. 이상아를 방에 데려놓고 방에 돌아가니 침대에 누가 있었다.
"네가 학교 다닌다는 걸 듣고 그래도 늦게 오기는 했는데, 그래도 빨랐나 보네?"
침대에서는 잔잔하지만, 굵은 목소리가 들렸다. 주원은 그가 누구인지 바로 알아차렸다.
"형……."

"제대로 기억해 냈네? 한 7년은 지났는데. 예전엔 음침한 꼬마 였는데, 지금은 잘생긴 차도남 집사가 됐네?"

지서원. 주원의 형이다. 초등학교 4학년 때 일이 있다면서 집을 나간 5살 많은 형이다. 주원은 게스트 룸의 불을 켜고 대화를 나눴다.

"여기는 뭐 하러 왔어?"

"너는 형한테 말투가 뭐…됐다. 어쨌든 학교생활은 마음에 들어?"

"괜찮지. 살만해."

그러자, 지서원의 얼굴이 살짝 사해졌다가 사라졌다.

"계급에 대한 역겨움으로 가득한 학교가 살만하다고?"

주원은 지서원의 말을 듣고 놀라면서도 더욱 얼굴을 굳혔다.

"……어떻게 아는 거야?"

지서원은 얼굴을 풀며 대답했다.

"얼굴 좀 풀어. 그저 네 생각이 궁금해서 그래."

지서원은 뜸을 들이며, 목소리를 가라앉히며 말했다.

"진짜로, 살만한지."

"……솔직히 아직도 역겹지."

지서원은 주원의 차갑게 굳은 얼굴을 보며 말했다.

"흠, 그러면 주원아."

지서원이 주원을 부르자 주원은 고개를 들었다.

"R. O. C. S.에 와."

주원은 멈칫 했지만, 다시 말했다.

"R. O. C. S. 라면,"

"어. R. O. C. S.(Ruin Of the Class Society). 계급 사회의 파괴. 네가 원하던 거잖아."

"그래도 사람을 죽이고 싶지는…….."
"사람은 죽이지 않아. 그저 중요 서버나 중요한 문서 같은 걸 없애는 거야."
주원이 고민을 하자, 서원은 말을 이었다.
"주원아, 병실에 있는 어머니를 생각해. 어떻게 할 거야."
주원은 생각을 하는 얼굴을 보이자, 지서원은 쓴웃음을 지으며 말했다.
"아직은 생각할지도 모르지. 원하지만, 어려운 거니까. 아니면 나중에 다시 올 테니까……."
지서원이 돌아서려고 할 때, 주원이 대답했다.
"할게."
"뭐?"
"한다고. R. O. C. S."
지서원은 이를 보이며 말했다.
"잘 생각했어. 그러면 매주 주말에는 휴가잖아? 그때 데리러 나올 테니까 입단 테스트하러 가자."
"잠깐? 입단 테스트? 그런 말은 없었잖아."
"내가 서울 간부라 해도 편입은 안돼서 테스트는 받아야 해."
주원은 한숨을 깊게 쉬며 말했다.
"간부는 또 뭐, 하……. 알겠어. 까짓것 해봐야지."
주원은 흥미가 담긴 미소를 지었다.
"오케이, 그럼 4일 뒤에 봐."
그러자, 지서원의 몸이 글리치를 일으키면서 사라졌다.
"후, 그래도 해볼 만하겠어."

*

치지지직!

허공에 글리치가 일어나면서 지서원이 나타났다.

"돌아왔네?"

"왜 내가 돌아온 게 아니꼽다는 것 같지?"

지서원은 상처받았다는 표정을 지었다. 여자는 담배를 입에서 떼며 말했다.

"됐고, 동생은?"

"하겠다던데? 참 그놈 얼굴 미소 지으니까 짜증나게 잘생겼던데."

여자가 뜸을 들이다 얘기했다.

"어머니는?"

"……아직."

여자가 얼굴을 구기며 말했다.

"얘기는 하고 가입시킬 줄 알았는데."

"그렇지 않으면 나 먼저 죽이고 죽일 것 같아서."

여자가 한숨을 쉬었다.

"너랑 왜 사귄 건지, 나도 참."

"하, 여진아, 지금은 그게 문제가……."

독여진은 담배를 땅에 떨어뜨리고, 발로 비비며, 지서원의 말을 끊고 말했다.

"쨌든, 이제 동생도 영입했으니 진짜로 아포칼립스 실행한다는 거지?"

독여진의 얼굴을 보고 지서원이 미소를 지으며 말했다.

"어, 실행해야지."

中

"빨리 나왔네? 도착하자마자 나오네?"

"원래도 이 정도 시간대에 일어나니까. 혹시나 해서 말하는 데, 내일은 예은이랑 놀기로 해서 오늘 밖에 없어."

4일은 빨리 지나갔다. 주원이에게는 딱히 특별한 일은 없었다. 그저 평소와 같았다.

"알겠어. 자, 그럼 차에 타."

주원은 고개를 갸웃거리며 물었다.

"텔레포트는 안 써?"

지서원은 웃으면서 대꾸했다.

"하하하, 그건 본부 가서 알려줄게."

지주원은 차에 타려는데, 차의 조수석에는 담배를 피우고 있는 한 여자가 있었다.

"안녕?"

주원은 잠깐 멈칫했다가 말했다.
"……누구?"
"그걸 왜 나한테 물어? 직접 물어."
지서원은 빨리 대답해 달라는 눈빛으로 여자를 보고 있었다.
"독여진이라고 해. 서원이의 불쌍한 여친이고."
주원은 무표정이지만 놀란 듯한 얼굴을 독여진을 봤다.
"형이 여친도 있었어요?"
"음. 정확히는 내가 사귀어주는 거지."
그러자, 주원은 고개를 끄덕였다.
"야. 납득하지 말고 빨리 타."
주원은 지서원을 무시하고 차의 뒷자리에 탔다.
"근데 이러면 너무 대놓고 가는 거 아냐?"
"괜찮아, 괜찮아. 다 준비하고 시작한 거니까."
그러고는 차가 출발했다. 차가 출발한지 얼마 안 돼서 대기업 건물 앞까지 왔다.
"DWG? 미쳤어? 여기야?"
"아, 어. 여기 회장도 우리 같은 사람이거든. 서울 지부장이라 하면 믿으려나?"
주원이 입을 벌리고 있는 사이, 지서원은 차를 지하 주차장의 주차 타워로 갔다. 차가 주차 타워에 들어가니, 차가 내려가면서 자동으로 내비게이션에 이상한 문양이 생겼다. 위를 향한 화살표 위에 호랑이가 있는 문양이었다.
"R. O. C. S. 문양이야?"
"정답. 미국은 화살표에 독수리, 러시아는 불곰, 영국은 사자, 이탈리아는 늑대로 되어있어. 공통적으로 화살표에 상징 동물을 넣지."
"그런데, 여기 있는 너의 형이라는 작자가 만들기 귀찮다는 거 내가 겨우 설득했지."
"잘하셨네요."
지서원은 피곤한 얼굴을 지으면서 주원을 보고 말했다.
"그러지 말고 밖에나 조금 봐봐."
주원이 창문 밖을 보니, 엄청난 광경이 있었다. 운동장 크기만 한 실전 연습장, 연습장을 두르는 차고들과 팀들의 사무실들, 그리고 연습장 위에 있는 회의실.
"대단하지? 우리 서울 지부장께서 후원해주신 거야. 어때?"
"진짜 지부장이야?"
"……주원이는 그게 중요한 거였구나."
차고에 내려오고, 지서원과 독여진은 귀 뒤쪽에 금속 칩을 붙이고 있었다.
"귀에 붙이는 거 뭐야?"
"아, 홀로그램 가면이야. 홀로그램이 나타나면서 구현화되는 거야. 원래는 무조건 써야 되는데, 우리 간부들은 쓰든 안 쓰든 상관은 없어. 근데 너 때문에 연습장 갈 때까지는 쓸려고. 우선은 이거 먼저 써. 너도 테스트 통과하면 가면 한 개 줄게. 내가 디자인한 것."
"왜 형이 커스텀 한 걸 내가 써."
"맞다, 여기서는 나를 레아라고 부르고, 여진이를 포이즌이라고 불러. 닉네임, 그러니까 가명 같은 거야."
주원은 투덜거리면서 금속 칩을 귀 뒤쪽에 붙이고 지서원과 독여진이 구현화시킨 가면을 보았다. 지서원은 흰색 바탕에 종이에 구멍을 뚫어놓은 것 같은 구멍에 적안(赤眼) 하나인 가면이고, 독여진은 검은 바탕에 마름모꼴 오른쪽 눈과 왼쪽 눈은 방사능 기호가 있었다. 주원은 구현화를 시키니, 검은 가면에 하얀색의 한국 R. O. C. S. 문양이 있었다.

"이 가면은 보급형이야?"

"어. 일반 침투 미션 할 때 쓰는 가면이야."

차에서 나오고, 연습장으로 갔다. 직접 눈으로 연습장과 숙소, 회의실, 의료실 같은 걸 보니 마음이 두근거렸다.

*

"자, 도착했다. 여기가 너의 입단 테스트를 할 곳이야."

"좋아. 테스트 상대는 누구야?"

"여진이야."

주원과 독여진은 당황스럽고 놀라서 동시에 물었다.

"지금 나보고 더미도 아니고 간부랑 붙으라고? 그것도 형 여친이랑?"

"야! 네가 한다며! 왜 내가 해야 돼?"

"첫 번째, 간부는 힘으로 간부가 되는 게 아니야. 두 번째, 나랑 행동하려면 간부는 돼야 해. 세 번째, 여진이, 네가 나보다 전체적인 피지컬이 좋아서 그래."

독여진은 한숨을 내쉬며 손목의 장갑을 켰다. 그리고, 독여진의 손에서 창이 생성됐다. 주원은 창이 구현되자마자 반사적으로 가드 자세를 올렸다.

"지금 맨손으로 진짜 창이랑 붙으라고?"

"그럴 리가. 우선은 이 장갑 껴봐."

지서원이 장갑을 던지자, 주원은 받아서 썼다. 너클 부분과 손등, 손바닥에 보호구가 부착돼있었다.

"네가 익숙하고 창이랑 붙을 수 있는 물건을 생각해봐."

주원은 고민하다가 짧은 한숨을 쉬다가, 양손으로 쥐고 싸울 만한 무기를 떠올렸다. 그러자, 주원의 손에 양손검이 구현됐다.

"호오~잘 골랐네. 그러면 5분 동안 여진이한테서 버텨봐. 시작!"

시작하자마자 독여진이 창을 주원에게 휘둘렀다.

쎄에엑!

주원이 피하면서 헛 휘두른 창은 날카로운 공기 파찰음을 뱉어냈다. 바로 주원은 양손검을 창을 받아 올렸다.

카아앙!

독여진은 바로 뒤로 가서 자세를 바로잡았다가 찌르기 자세를 취했다. 주원도 검을 두 손으로 잡아 가드 자세를 했다. 그러나 주원의 생각은 틀렸다. 독여진의 손이 옷 안쪽으로 들어가 작은 유리병을 집어던졌는데 거기에서 보라색 안개가 나왔다.

치이이익!

주원은 반사적으로 팔로 입과 코를 막으며 말했다.

"······이름대로 독을 쓰시나 봐요."

"미안하지만, 내 성은 독 독(毒)이 아니라 홀로 독(獨)이야. 게다가 진짜 독도 아니고."

하지만, 주원의 시야에는 연기 때문에 아무것도 보이지 않았다.

"이런 편법 쓸 수 있었으면 얘기도 해주시지 않네요."

"상황은 우리가 유리한 대로 다가가주지 않아."

말이 끝나자마자 독여진의 창이 주원의 목을 노리고 날아왔다. 주원은 특출한 육감 덕분에 검으로 창을 막아냈다. 독여진이 빈틈을 일부러 만들어 내고 있다는 것을 느끼고 진짜 빈틈을 검을 휘두르면서 찾고 있었다. 그러고는 한숨을 뱉어내면서 창을 가드로 올려치고 파고들었다.

'뭔가 있는 것 같아 보이네?'

독여진은 창을 거둔 순간, 주원은 칼을 바닥에 꽂았다.

콱!

그러고는 주원이 칼을 잡고 한 바퀴 돌아서 발로 독여진의 허리를 찼다.

퍽!

짧은 부딪힘이었지만, 독여진의 자세가 무너졌다. 독여진의 명치에 자연스럽게 허점이 나오자, 주원은 검을 찌르기 자세로 하고 파고들었다. 그러나, 검은 독여진의 몸에 대였지만 비껴 지나갔다. 독여진은 뛰어서 주원의 턱을 무릎으로 박았다.

"큭!"

주원은 짧은 신음을 내며 뒤로 물러갔다.

"갑옷도 입고 있었어요?"

"나는 무기가 독이나 창이라 초근거리가 약해서 이 정도는 준비해놔야지."

"그러면, 저도 진심으로 해드리겠습니다."

주원은 입에서 숨을 뱉으며 집중하자, 점점 공격에 살의가 들어가기 시작했다. 그러고는, 주원과 독여진은 동시에 자신의 목표를 향해 달려들었다.

둘의 목표에 무기를 휘두르는 순간,

카앙!
"5분 끝났어."
지서원이 둘의 무기를 단검으로 막자, 둘은 갑작스러운 지서원의 난입으로 당황했지만, 무기를 거두었다. 주원이 살기를 거두고 가쁜 숨을 내쉬며 말했다.
"5분이, 후……. 되게 기네, 하아아……."
"그럴 수밖에. 둘이 싸우는 거 보니까 둘 다 전력으로 안 하던데?"
방금 전까지 숨을 평상시로 돌리기 힘들던 둘은 숨을 멈추고 눈빛도 굳어졌다.
둘은 둘 다 전력을 다한 것이 아닌 거라는 말에 서로 생각하고 있다는 것과 실제로 둘 다 전력으로 싸웠다는 것을 알고 있는 지서원은 속으로 웃었다.
"자, 여기. 이제 네가 쓰고 다닐 커스텀 가면이야."
주원은 귀 뒤에 붙이지 않고, 가면을 켜 보았다.
츠즈즛.
순식간에 홀로그램이 가면으로 구현화되자, 비로소 주원은 심각하게 걱정했던 가면의 디자인을 확인할 수 있었다. 이걸 형이 디자인 한 거라고?
"왜? 너무 잘 만들었어?"
가면은 검은 바탕에 왼쪽 눈 쪽은 세 개의 발톱으로 할퀸 것 같은 황금색의 물결 모양, 오른쪽 눈은 태양을 단순화한 것 같은 금빛 문양이 있었다.
"……중2병 같아."
그러자, 지서원은 상처받은 표정을 지었고, 독여진은 옆에서 웃었다.

"푸훗! 하하하! 하아, 하아, 주원이한테는 조금 그럴 수도 있지. 서원이 취향이 중2병이라."

"어쨌든, 가명은 일리오스(illios)야."

"23살 성인이나 됐는데, 안 부끄러워?"

그러자, 독여진은 참을 수 없다는 듯, 폭소를 터뜨렸다. 지서원은 이마를 짚으면서 말했다.

"안 되겠다. 너, 오늘 나랑 임무 같이 간다."

주원은 독여진의 호흡 곤란을 진정시키는 걸 도와주면서 되물었다.

"뭐?"

"같이. 임무. 간. 다. 고."

주원은 너무 어이가 없어서 말을 할 수 없었다. 아니, 잠깐, 방금 전에 입단 테스트를 했는데?

"네가 너무 괘씸해서 안 되겠다. 자, 10분 줄게. 내가 주는 옷 갈아입고, 우리 왔던 주차장 엘리베이터 앞으로 와."

*

"잘 어울리네?"

독여진의 감탄스러운 얼굴을 하면서 주원의 몸을 찬찬히 뜯어보면서 주원의 긴 머리카락을 만지고 있었다.

"여자애들이 좋아하겠는데? 연상 연하 따질 것도 없이."

주원은 독여진의 말을 들으면서 생각했다. 여자애들. 이상아 아가씨의 친구분들. 다들 100명 중 90명이 예쁘다고 할 만한 얼굴의 소유자들이시다. 하지만, 주원이는 관심이 없다. 그저 불쾌감을 주는 사람들일 뿐. 그렇게 따지면 가까이 있는 이예은. 주원은 이예은의 얼굴을 떠올리다가 얼굴이 붉어지려는 걸 느끼고 감정을 감추면서 말했다.
"딱히 이성에게는 관심이 없어요."
"흐음, 글쎄? 내가 마지막으로 본 걸로는 예은이랑 친하던데? 지금은 안 그런가 봐?"
뒤에서는 인기척도 없이 지서원이 나타났다. 독여진은 익숙하다는 듯이 물었다.
"예은? 누구야? 주원이 여자친구?"
"그게……."
"그런 건 딱히 중요하지는 않으니까, 빨리 가요."
주원이 지서원의 말을 끊자, 지서원은 가볍게 어깨를 들썩이고 엘리베이터에 탔다. 그러고는 최상층을 눌렀다.
"최상층에 가서 뭐 하게?"
"아. 뛰어내리려고."
"……뭐?"
주원은 놀라서 한동안 말을 못하다가 거의 도달할 즘에 독여진에게 설명을 강요하는 것 같은 얼굴을 지었다.
"어, 그게. 말 그대로야. 뛰어내려."
띵!
엘리베이터가 도착하고 문을 열자, 탁 트인 정원이 있었다.
"자, 여기서 침투 브리핑을 해줄게."
지서원은 말을 하고 나니, 팔찌에서 홀로그램이 나타났다.
"우리가 침투해야 하는 곳은 SMF 본사야. 인공지능 분야 대기업이지. 자신보다 낮은 계급을 갈구는 걸로 4, 5, 6, 7 계급한테는 유명한 곳이지. 침투 미션은 간단해. 침투하고, 해킹하고, 나와. 그 상황에서 만약 위험하다면,"
 지서원은 말을 끊었다가, 다시 말했다.
 "살인이라도 해."
 주원은 그 말을 듣고, 흠칫했지만, 다시 평상시로 돌아갔다. '옛날부터 원하던 파괴인데, 그 상황에서 몇 명이 죽어도 되지 않나' 라는 이기적인 마음이 이때부터 점점 자라기 시작했다.
 "그러면, 진짜 여기서 뛰어내려? 족히 400m는 넘을 것 같은데."
 "아! 우리는 글리치가 있으니까 괜찮아."
 주원은 글리치가 저번에 보았던 텔레포트인 것이라고 생각하고 물었다.
 "그럼 나도 그거 쓰고 같이 가?"
 지서원은 웃으며 대답했다.
 "아니. 너는 진짜로 뛰어서 와야지, 아직 테스트야. 신발에 반중력 장치 넣어 놨어."
 주원은 지서원의 무책임함에 한숨을 쉬며 물었다.
 "어떻게 켜?"
 "발들을 부딪치면 켜져."
 그러고는 주원이 발들을 서로 부딪치자, 신발 바다에서 두 개의 원형의 금빛이 밝혀졌다. 그러고는 지서원과 독여진은 가면을 얼굴에 구현화 시키고, 난간에 발을 딛고 위태롭게 서있지만, 안정적이었다.
 "자, 그럼 SMF 본사에서 보자, 일리오스."
 그러고는 둘 다 난간에서 떨어졌다. 주원은 혹시나 하는 마음에 난간으로 갔지만, 둘이 글리치로 사라져가는 모습만 보았다. 그러고는 이제야 높이를 직접 실감했다.
"젠장, 이 정도 높이면 그냥 죽겠는데?"
주원은 한숨을 내쉬며 난간에 서 있었다. 반중력 장치가 잘 되는지, 난간에 일정 수준으로 떠어져 있었다. 주원은 가볍게 숨을 내쉬고, 가면을 구현화 시킨 다음, 창문을 스케이트보드 타듯 내려갔다. 그리고 건물들의 옥상이 보이자, 다리를 굽히고, 펴자, 창문과 발 사이에서 작은 충격파가 생기며 긴 금빛이 허공에 그려졌다. 주원은 공중에서 올가미를 구현화해 건물의 튀어나온 부분을 감아, 스윙을 타고 가까운 건물 옥상에 떨어졌다.
"와아. 저기서 떨어져서 사네. 나쁜 놈. 살 수 있을 거라고 말하지."
그러고는, 주원은 또다시 뛰어서 건물들의 옥상을 건너뛰고, 올가미로 거리를 최소화시키면서 본사로 향하고 있었다.

*

그리고 몇 분 뒤, 주원은 지서원과 독여진이 있는 SMF 본사 옥상에 도달했다.
"후우, 후우……. 다시는 이런 거 시키지 말고, 나도 글리치 줘."
"생각해 보고. 자, 들어가."
주원은 지서원의 말을 듣고 못 미더운 얼굴을 가면으로 감추고 말했다.
"또, 나 혼자 들어가?"
"어, 나랑 여진이는 서포터할 거야. CCTV 해킹해줄 거야. 자외선 감지는 가면이 도와줄 거야.?"

"하, 알겠어. 통신은?"

"OK."

주원은 대답을 듣고 장갑에 중력 장치를 키고 가까운 창문을 클로로 뚫어 들어갔다.

"들어왔어. 목표 층은?"

"45층이야. CCTV는 해킹 다 했으니까······."

말이 채 끝나기도 전에 주원의 앞에 경비원 2명이 있었다.

"침입자다!"

"빨리 무전을······."

경보원이 무전을 키고 경보를 울리기 전에 주원은 클로를 거두어들이고 검을 구현시켜 팔을 벴다.

서걱!

"으아아악!!"

주원은 사람의 팔을 베었다는 자괴감도 잠시 심장을 검으로 찔렀다. 그러자 심장과 입에서 피가 울컥하고 튀어나왔다. 옆에는 아무것도 못하고 있는 경비원 하나가 무서워 주저앉아 있었다. 경비원은 엎드려 말했다.

"흐어, 살려주세요. 제발······. 저희가 무슨 잘못이 있는 거라고, 계급이 높다고 해서 갑질도 안 했는데······."

모두 다 맞는 말에 주원은 멈추었다. 경비원은 잘못이 없다. 하지만,

콱!

검은 심장과 바닥을 뚫고 꽂혔다. 경비원은 피를 조용히 흘리며 몸을 멈추었다. 주원은 살살 검을 빼들었다. 그러자, 피는 더 많이 나와, 주원은 코트의 피를 닦으며 말했다.

"……기분이 별로야."
- 익숙해질 필요가 있어. 이런 일은 자주 있을 거니까.
"다른 경비원은?"
- 요즘 이런 일들이 많아서 경비가 삼엄해. 그런 걸 피하려면…….
"왜? 환풍구라도 지나가야 돼?"
그 뒤로 말이 없자, 주원은 이마를 짚었다.
"하, 진짜로?"

*

"자, 주원이도 이제 작업 들어갔으니까, 우리도 시작하자."
지서원은 컴퓨터를 덮으면서 몸을 풀었다. 독여진도 같이 몸을 풀면서 말했다.
"주원이한테는 아직 말 안 했지? 이중으로 하는 거."
"오늘만 이렇게 하고, 나중에는 혼자 해야지. 몇 층이야?"
"46층이야. 주원이 내려간 곳 바로 위."
지서원은 가면을 구현화시키며 말했다.
"그런데, 주원이 말고 나 좀 좋아해 주지? 내가 그래도 너 남친인데…….."
"됐고요. 빨리 내려가."
독여진은 지서원을 건물 난간에서 밀었다. 그러고는 떨어지는 지서원을 보며 자신도 반대편 난간으로 갔다. 떨어지는 지서원은 나중에 한 번 날을 잡아야겠다고 생각을 하면서 창문을 깨고 긴물 안으로 들어갔다.

'CCTV는 방금 해킹했기 때문에 별문제는 없지만, 경비원들이'
"침입자다!"
"손들어!"
'많네, 하…….'
지서원은 장갑에서 한 쌍의 단검을 구현화시켰다.
"아니, 언제부터 우리나라가 총을 소지할 수 있었지. 참 신기하네."
"조용히 하고, 손들라고!"
"아, 알겠어요. 손들면 되잖아요, 그렇죠?"
서걱.
지서원은 말이 끝나자마자 가까이 있는 한 사람을 두 손을 모두 베어냈다
"아아악!"
"아, 거참 시끄럽네. 편하게 보내주려고 했는데, 안 되겠다."
푹.
거친 소리와 함께 경비원의 목에서 피가 분수처럼 쏟아져 옷을 적셨다.
"젠장, 다가오지 마. 손들고 항복해!"
"아니, 손들었잖아요, 이렇게."
서석.
"아니면 더 높게 들어요?"
푹.
"아니면 무릎 꿇고 손들어요?"
콰직.
"으어어어……."

지서원은 한 명, 한 명 바르지도 느리지도 않게 다가오며 많은 경비원들을 죽이면서 다가가니 남은 경비원들은 총을 쏘지도 못하고 가만히 있었다.
"젠장, 쏴! 내가 책임진다! 쏘라고!"
경비 대장처럼 보이는 한 사람이 그렇게 말하자 한 경비원이 총을 쏘았다.
탕!
지서원은 총을 쏘려고 준비하는 걸 보고 간신히 피하였다
"와, 공포탄이 아니네. 회장만 죽이면 되는데, 괜히 우리 정체 아는 사람 있으면 안 돼서 싹 다 죽이고 있어서 힘들어요. 그리고, 그렇게 원하면 나도,"
그러자 단검들이 점점 길어지더니 장검이 되었다.
"일찍 죽여드릴 수 있어요."
그렇게 지서원은 살의를 담아 가며 경비원들을 잔인하게 죽여갔다. 독여진은 그 사이, SMF의 회장이 있는 방에 도착했다.
'다행히 아직까지는 소리가 안 들리나 보네. 하긴 통신을 못하게 막아놨으니.'
그렇게 생각하며 독여진은 창문을 자르고 들어왔다
"뭐. 뭐, 뭐야!"
독여진은 회장을 제압하고 나서 대답해 주었다.
"나? 한국에서 가장 예쁜 사람이랄까?"
독여진은 회장을 의자에다가 묶고 있을 때, 회장은 욕설을 퍼부으면서 말했다.
"뭐야! 너 누구야! 너 누구냐고! 너 이렇게 하면 밖의 경비원들이 어떻게 할지 알고 그래? 이 저급한!"

"조금 조용히 하지? 안 그래도 죽이면서 오느라 온갖 소리는 다 들어서 잘못하면 한 번에 죽일 수도 있어서 말이지."

지서원이 회장실 문을 열고 들어오면서 말했다. 한 손에 경비대장의 목이 잘린 머리를, 한 손에 장검 한 자루가 있었다.

"자, 이제 당신 혼자 남았다는 게 실감이 와?"

회장은 의자에서 벌벌 떨며 말했다

"내…내가. 뭘 해주면 되는데……. 너네가 누구인지는 말 아…안 할 테니까아……. 제발, 살려만……."

"지금까지 네가 살인과 폭행을 얼마나 저지르고 덮었는데. 살려줄 수는 없고, 대신 수명을 연장시켜 줄게."

지서원은 회장 앞에 검을 꽂고, 회장한테 본격적으로 말하기 시작했다.

"너는 그냥 경비원들이 의문의 세력에게 당하고, 간단한 회사 문서를 빼겼다고 말해. 우리도 딱히 손해될 것 없고, 너도 없고. 좋지 않아? 그러면 우리도 너를 죽이지 않을 거야. 그럼 우리는 간다."

"가, 감사합니다. 이 은혜, 절대 있지 않겠습니다."

지서원과 독여진은 그렇게 회장의 방을 나갔다.

"갔다 왔어."
주원은 목에 걸려 있던 USB를 건네주면서 말했다.
"혹시나 몰라서 데이터베이스 통째로 날려 보냈는데, 괜찮지?"
"아, 괜찮아. 날려 보내도 상관없어."
독여진은 방금 다 태운 담배를 끄며 말했다.
"어쨌든, 주원이 첫 임무인데 확실히 했네?"
주원은 방금 전의 생각은 지우고 쓴웃음을 지으며 말했다.
"사람을 죽였다는 것이 아직도 실감 나지 않아요."
지서원은 어깨를 두드려 주면서 얘기했다.
"자아. 그런 것 빨리 잊을수록 좋은 거야. 자, 밥 먹으러 가자."
"형이 쏘는 거지?"
"아니. 법카."
주원은 못마땅한 얼굴을 지으며 말했다.
"형, 그래도 간부에서 강등 안되는 게 신기하네."
"왜냐면 실력이 좋으니까!"
독여진이 자신만만하는 지서원과 주원의 어깨에 팔을 걸치고 말했다.
"그냥 오늘은 아무 생각 없이 술이랑 치킨이나 뜯어먹자! 주원이 술 마실 줄 알지?"
주원은 독여진을 보며 말했다.
"어깨동무하기에 안 힘들어요?"
"……너 그러다 이번엔 진짜로 죽는다?"

下

주원은 그 뒤로도 잠입을 많이 했다. 사람을 죽이고, 데이터를 훔치고, 회사를 무너뜨리고. 그렇게 했는데도, 계급사회는 아직도 건재했다.
"지주원."
갑자기 자신을 부르는 소리에 깬 주원은 대답했다.
"네…"
"평소엔 자지도 않던 애가 자는 게 이상하구나."
주원은 눈 주변을 비비며 말했다.
"아, 죄송합니다."
"아니야 그럴 필요는 없고, p.87 읽어라."
"네."

*

"야, 괜찮아? 다크서클이 되게 진해."

예은이가 얼굴을 잡고 뚫어지라 쳐다보니, 저절로 얼굴이 붉어지려는 걸 멈추려고 고개를 양옆으로 흔들었다.

"아니, 괜찮아. 걱정 안 해도 돼."

"걱정 안 하게 생겼냐. 이 바보야."

주원은 예은이의 손을 얼굴에서 뗐다.

"별거 아니라서 그래. 걱정 안 해도 돼."

그렇게 어느 정도 예은이를 안정시킨 다음, 주원은 이상아가 있는 데로 갔다.

"어? 주원아? 얼굴이 왜 이렇게 초췌해?"

역시나, 오늘도 문 앞에서는 백율하가 있었다.

"요즘 피곤해서……."

"이리 와. 오늘은 내가 상아 대신에 얘기해 줄 테니까, 기분 좋게 해줄게."

주원은 어쩔 수 없이 학교 안 정원으로 갔다. 백율하는 깨끗한 돌에 앉고 주원이한테 말했다.

"누워."

주원은 지금 자기가 잘못 들었냐는 듯 얼굴을 살짝 찌푸리면서 말했다.

"네?"

"내 무릎에 머리대고 누우라고."

주원은 웃는 백율하의 얼굴을 보고 화가 났지만, 반항할 수 없기에 그렇게 무릎베개를 하고 이상아의 하루를 다 들었다. 그리고 몇 분 뒤, 주원은 일어나면서 백율하에게 말했다.
"이제 다 들었으니 저는 가 보도록,"
"주원아."
백율하 아가씨의 목소리는 차분해있었다. 정확히는 원하는 걸 요구하려는.
"있잖아, 상아 대신 나한테 와."
주원은 순간적으로 화가 났으나, 참았다.
'결국 소유욕이였나…'
"내가 더 주원이, 너한테 잘해줄 수 있어. 그러니까 내 남친이 돼."
백율하는 소유욕으로 번들거리는 눈은 아래에서 위로 보고 있었다.
"죄송하지만 계약 기간입니다."
백율하는 살짝의 냉소를 품고 말했다.
"나도 미안한데 못 견뎌."
백율하의 한 손은 주원의 넥타이를 잡으면서, 턱을 잡고 있었다. 주원은 백율하가 무슨 짓을 하더라도 하면 할수록 마음과 정신은 더 서서히 차가워지고 있었다.
"상아한테 너를 얻으려고 배상은 무엇도 내줄 수 있어, 원한다면 내 지위까지도."
타악.
주원은 백율하의 손들을 뿌리치고 말했다.
"죄송하지만 저를 키워주신 분을 배신을 할 수 없습니다."
백율하의 탐욕스러운 얼굴이 점점 굳어지고 있었다.
"게다가 저도 지키고 싶은 상대가 있습니다."

짝!

백율하는 결국 참지 못하고 주원의 얼굴을 손바닥으로 때렸다. 백율하는 일그러진 얼굴로 감정을 주체하지 못하고 말을 더듬었다.

"그…그 지…지키고 싶다는 애……, 걔가 걔야? 너…네 소꿉친구? 네… 네가 반항해도 나는 너…널 가질 거야."

백율하는 주원을 지나쳐 학교로 다시 들어갔다. 그러고는 어디론가 전화를 했다.

"야, 이동환. 네가 날 좀 도와줘야겠어. 조건은 네가 원하고 내가 들어줄 수 있는 범위 한에서 말이야."

*

주원의 I 반이 수업이 끝나고 이상아를 기다리고 있었다. 주원은 차 안에서 혼자서 새로 등록한 단도를 손안에서 가지고 놀고 있었다.

"심심하네."

주원은 점심시간에 백율하가 한 말이 거슬렸다.

"……."

그러자, 주원은 창문을 열어 단도를 밖에 던졌다. 그러자, 단도는 나무에 검신이 끝까지 박혔다.

"예은이한테 전화라도 걸어볼까?"

주원은 시계를 통해 전화를 걸어보았다. 그러나, 몇 번을 걸어도 똑같은 대답이 나왔다.

통화가 되지 않아 삐 소리 후, 소리샘으로 연결됩니다. 삐이~

주원은 머리를 위로 쓸면서 한숨을 쉬었다.
"하, 얘, 또 내 전화 받기 싫어서 전원을 꺼 놨……."
주원은 말을 하다가, 멈추었다.
'보통 전원을 꺼놓으면, 전원이 꺼져있다고 말하지 않나.'
주원은 생각을 하다, 차 문을 열고 머리를 도로 묶으며 예은이를 찾으러 학교에 들어갔다. 몇 분 뒤, 주원은 말소리가 나오는 살짝 외진 통로를 찾았다. 주원은 혹시나 해서 통로를 돌아서 봤다.
"………………………………………………………."
"…………………………………………….."
"……………………………."
네 명의 남자 중 키가 큰 편인 한 남자가 고개를 들어 주원을 봤다. 주원은 이동환과 다른 놈들이 예은이를 추행하는 걸 봤다. 입을 천으로 막고, 양손과 다리도 묶여있었다. 이예은이 주원을 보고 우는 걸 본 주원은 화가 났지만, 얼굴에는 일그러짐도 없이 점점 차가워지고 있었다. 남자는 주원의 앞까지 와 얼굴을 들여다봤다.
"야, 나도 이거 하기 싫었는데 말이야, 직접 보니까 겁나 대박이던데? 그래서 한 번만……."
남자는 주원의 귀에다 대고, 말했다.
"……해보려고."
말이 끝나자마자 주원은 주먹을 쥐어 정확히 남자의 명치에다가 정확히 꽂아 넣었다.
"커헉!"
"동환아!!"
이동환은 억지로 멈추려는 호흡을 일부러 다시 살리고 있었다.
"끄으, 이 하찮은……."

그리고 고개를 들고 주먹을 휘두르려고 했으나, 주원의 역광에서 오는 살인의 안광 때문에 주먹을 멈췄으나, 잘못된 선택이었다.

뻐어억!

이동환은 구레나룻 부분을 발로 맞고, 쓰러졌다. 뒤에 있던 남은 세 명의 남자들은 동시에 야구 배트, 죽도, 목검을 각각 들고 달려들었다. 주원은 곧바로 달려 들어가 지서원한테서 받은 장갑으로 차례대로 파괴시켰다. 주원은 그 상태로 끝날 수 있었으나, 주원은 장갑을 낀 채로 명치를 꿰뚫을 것처럼 주먹을 계속해서 꽂아 넣었다. 그렇게 나머지 세 명이 쓰러지고, 몸을 돌려 두려움에 떨고 있는 이동한의 얼굴에다가도 주먹을 꽂았다.

퍽! 퍼억! 뻐억!

주원은 분이 풀릴 때까지 때렸기 때문에 근처와 주원의 차가운 얼굴에도 갓 나온 피가 흩어져 나왔다. 이예은은 그 과정에서 피가 터져 나오는 것과 주원의 냉혈함 때문에 겁을 먹었다. 그리고 난 다음, 주원은 이예은의 옷을 제대로 바로잡고, 입과 손, 발을 묶고 있는 천을 풀자마자, 바로 울먹거리며 거리를 두고 말했다.

"왜에, 그랬어?"

"당연히 너를 구해주려고,"

"그걸 물은 게 아니잖아, 그저 나를 지켜주는 선에서만 해달라고 했잖아……."

주원은 내밀었던 손을 거두며 말했다.

"내가 왜 이렇게까지 했냐고? 나는 너를 지켜주고 싶었어!"

주원은 원래라면 이예은에게는 하지도 못할 화를 내면서 말을 했다.

"내가 왜 이렇게 유전자가 높게 나왔는지 알아? 내 아버지라는 놈이 어머니를 일부러 폭행해서 낳은 게 나랑 형이야! 나는 그 놈이 너무나도 싫어. 죄 없는 어머니를 이용했으니까. 우리 어머니는 유전자 배열이 잘못되어, 나랑 형은 유전자가 좋게 나와도, 우리 어머니는 유전자 균열이 일어나 지금까지 9년 동안 병실에서 그 나쁜 놈이 오기만을 기다리고 있어!"

주원은 말을 하다가 집중해서 예은이를 안 보이다가 말을 잠깐 멈추자, 예은이의 얼굴이 보였다. 예은이는 얼굴을 가리고 있었지만, 이미 눈물을 흘린 자국이 있었다. 주원은 원상태의 목소리로 다시 말을 이었다.

"그래서 너만은 지키고 싶었어. 너만은 내 옆에서 아무도 건들 수 없게 하고 싶었어. 그래서 화가 났던 거야. 네가 그렇게 당하고 있으니까. 조금만 더, 조금만 더 가면…너도 우리 어머니처럼 될까 봐……."

주원은 예은이의 얼굴을 똑바로 볼 수가 없었다.

"이제 갈게. 너희 언니한테는 말해줄게. 여기 있다고. 다음 주에 봐."

주원은 그렇게 이예은에게 등을 보이면서 눈에서 흐르는 눈물 한 방울을 닦았다.

*

지이잉.

"어~, 왔…"

"[WYH] 회사 건 있어?"

주원은 바로 나갈 수 있도록 코트와 잠입복, 가면까지 쓰고 나타났다. 지서원의 옆에 있던 독여진은 인상을 찌푸리며 생각했다.
'되게 급한가 보네…….'
"그 회사는 멀리 있어서 도망칠 때는 딱히 좋은 회사는 아니야. 대신 연회가 있던데."
"합동 연회?"
"어……, 우리나라 3대 그룹인 [성화], [ARK], [WYH]가 같이 합동 연회한다고 들었어."
주원은 가면을 벗고, 다크서클이 진하게 그어진 눈으로 지서원을 마주 보았다.
"갔다 올게."
"우선은 좀 쉬어. 너 눈 상태 보니까, 지금 쉬어야 돼."
"됐어!!"
지서원은 움찔했다. 한 번도 주원이 진심으로 화를 내는 걸 보여준 적이 없기 때문이다.
"글랜드 호텔이야. 서포트하러 갈 테니까…"
"아니, 오늘은 나 혼자 갈 거야."
주원은 다시 가면을 구현화시켜 옥상으로 올라갔다.
"쟤 벌써 '어머니' 얘기들은 건 아니겠지?"
독여진은 고개를 저었다.
"너랑 나 말고 '어머니' 얘기들은 사람, 누가 있다고. 게다가 그랬다면 너부터 죽였겠지. 아~, 그랬다면 얼마나 좋을까~."
"쟤한테 어떤 일이 있었는지 알고나 하는 말이냐…"
독여진은 놀라면서 지서원을 돌아봤다.
"무슨 일 있었는지 알아?"
지서원은 어깨를 으쓱하며 보였다.

"알겠냐?"
둘은 결국 동시에 한숨을 쉬며 이마를 짚었다.

*

'백율하 아가씨, 아니, 그 여자…'
주원은 올라가는 엘리베이터를 바라보며 생각했다.
'분명히 이동환 놈을 시켜서 예은이를 괴롭히라고 시켰겠지. 이동환은 그걸 잘못 알아들어서 추행하려고 했고…….'
주원은 이예은의 모습을 떠올리며 얼굴을 굳히던 중, 엘리베이터는 옥상에 도착했다.
띵!
엘리베이터 문을 열고, 다른 문을 여니, 옥상의 넓은 정원이 보였다. 주원은 코트의 후드를 뒤집어쓰고, 신발을 켰다.
우우웅.
신발에서 한 쌍의 두 개의 금색 원형이 생기면서 지상에서 몇 cm 떨어져 있었다. 주원은 옛날처럼 망설이지 않고 난간을 뛰어넘었다.
쉬이익!
바람 가르는 소리가 후드를 넘어 귀를 통해 들어왔다. 건물들이 보이자, 선의란 없는 휘황찬란한 대도시를 건너갔다. 예전의 [SMF] 본사보다 멀리만, 예전보다 더 빨리 도착했다.
우우웅!
건물 옥상 바닥과 반중력 장치가 만나, 전동기 소리가 났다. 주원은 가면을 잠시 구현화를 취소하고 숨이 흐트러지지도 않은 채,

컴퓨터를 켜, CCTV를 해킹해 백율하가 어디 있는지 찾고 있었다. 잠시 후, 연회장이 아닌 호텔방에 있다는 걸 알게 되고, 가면으로 화면을 보내고 컴퓨터를 덮고, 건물 안으로 들어갔다. 하지만, 주원은 변수가 있다는 걸 알아채지 못했다.

"백율하 아가씨가 갑자기 왜 여기로 부르셨지? 혹시 주원이 때문인가?"

*

곧, 주원은 경비들을 제압하고 백율하의 방 창문 근처까지 도달했다. 주원은 바로 들어가 백율하만 죽이고 나오려고 하는데…

짝! 짜악! 짝!

방 안에서 누가 때리는 소리가 났다. 주원은 벽에 붙은 채로 창문을 바로 보고, 나지막이 말했다.

"예은아?"

창문에서 백율하가 예은이를 손찌검을 하는 장면이 보였다. 예은이는 주원이 보기 전에도 많이 맞았는지, 두 볼은 붉다 못해, 벌써부터 시퍼런 멍이 생겼고, 눈을 내리깐 채로 울고 있었다. 창문 밖으로 소리가 새어 나갔다.

"네까짓 게 주원이와 나를 막아? 4계급인 하찮은 놈이?"

주원은 백율하의 목소리 때문에 얼굴은 점차 분노로 굳어있었다. 그러고는 창문을 깨고 들어왔다.

"뭐. 머, 뭐야? 누구야?"

주원은 망설이지 않고 백율하의 목을 쥐었다. 백율하는 가는 신음을 뱉으며 주원의 팔을 때렸지만, 주원은 미동조차 없었다. 그러

고는 단도로 백율하의 심장을 찌르려 하자,
빠악!
예은이가 휘두른 스탠드가 주원의 뒤통수에 맞았다. 주원은 비틀거리며 백율하의 목에서 손을 놓았다. 하지만, 충격 때문에 후드가 벗겨지며, 주원의 가면이 깨져, 금빛 태양이 부서졌다. 예은이가 주원의 얼굴이 보이는 순간, 경악을 했다.
"주원아?"
쾅!
주원이도 너무 당황해서 예비 가면도 쓸 수 없었다. 예은이가 자신을 때릴 줄은 상상도 못했다.
콰앙!
"왜 네가……."
쾅!
"손들어!"
밖에서 문을 지키던 경비들이 방으로 들어와 총을 들고 서있었다. 그 와중에도 주원은 가만히 서있었다.

*

철컹!
"0730, 면회다."
죄수 0730은 교도관의 말에도 의자에 앉은 채로 반응이 없자, 교도관은 죄수의 명치를 차서 깨웠다.
"커헉!"
"일어나."

죄수는 힘겹게 일어나, 교도관을 통해, 면회관으로 걸어갔다. 면회관에 들어가니 앞에는 어린 여자애가 있었다.
"주원아……."
주원은 고개를 들어 이상아를 보았다. 이상아는 교도관에게 화를 냈다.
"내 집사가 폭행을 했다는 이유로 겨우 잡아넣어 놓은 건가요?"
교도관은 당황하면서 말했다.
"아니, 그게. 저, 폭력조직 단원으로서……."
"그랬다 하더라도 지금까지 사람을 죽이고 문서를 훔친 인물이 내 집사일 리가 없잖아요! 게다가 고문 흔적은 뭐예요! 도대체 얼마나 때린 거예요!"
"그 본거지를 찾으려고……."
"변명은 듣기 싫으니까 나가요! 그렇지 않으면 어머니께 말해드려서, 당신 일거리랑 명줄, 같이 잘릴 수 있어요!"
교도관들은 황급히 면회관으로 나가고 나서야, 이상아가 주원이한테 말했다.
"주원아, 왜 그랬어?"
주원은 아무 말도 하지 못하고 그저 고개를 숙이고 있었다. 긴 머리카락이 산발이 되어 같이 내려왔다.
"그 예은이라는 아이 때문이야?"
주원은 고개를 숙이고 말했다.
"죄송합니다."
이상아는 순간 울컥했으나, 한숨을 길게 쉬며, 말했다.
"나는 너의 의견을 존중해 줄 수 있지만, 어머니는 화가 굉장히 나셔서 네가 그냥 이대로 있기를 원해."

이상아는 그 뒤로도, 주원의 재판을 도와주고, 하겠다고 하면 탈옥도 도와주겠다는 등 이성화에 맞서 주원을 꺼낼 수 있는 방법들을 말했다.
"나중에 다시 올게. 교도관한테는 고문을 이제 시키지 말라고 말해둘게."
이성화가 나가고 교도관이 들어왔다.
"바로 다음에도 면회 신청 있어. 앉아."
주원은 다시 앉아 있자, 다음 면회하는 사람이 들어온 걸 확인하려고 고개를 들었다.
"예은아."
예은이는 눈이 부은 상태로 검은 트레이닝복에다가 모자를 쓰고 왔다. 아마, 뉴스에서도 얼굴이 나왔으니, 그럴 만했다.
"있잖아, 나는 네가 그 말을 하고 이런 걸 할 줄은 알고 있었지만, 네가……."
예은이는 그 말이 끝나자마자 얼굴을 감싸며 또 울었다. 주원은 보고 싶지 않았다. 역겨움을 참아가면서도 이성화 밑에서 집사를 해왔다. 20살이 되면 이상아와 결혼을 하게 된다면, 재정 상황이 좋아져, 예은이에게 도움을 줄 수 있으니까. 그렇게 멀리서 돕고 싶었다. 예은이의 얼굴에서 눈물이 나오지 않도록. 그런데, 지금까지 올해에 두 번이나 얼굴을 적시게 했다.
그렇게 예은이가 우는 것만 보고 면회 시간이 다 되어, 예은이는 돌아갔다. 주원은 방으로 돌아가면서도 예은이가 우는 걸 마음에 두고 있었다. 그러고는 생각했다. 언제부터 이예은과 만났는지.

*

"주원아, 인사해. 같은 또래인 이 집 딸, 예은이야."

나는 형과 예은이의 집에서 살며, 집안일을 해왔다. 예은이의 집 사정은 나와 형의 보급이 끊긴 집보다는 좋았더라도, 열악하기는 마찬가지였기 때문에 처음에는 예은이의 큰누나는 꺼려했으나 몇 주 후에는 집안일을 도운 것만 했는데도, 재정 상황은 많이 나아졌었다. 그러고는 2년 뒤, 초등학교에 입학했다. 그때는 4,5계급도 학교를 갈 수 있었다. 2학년 때까지는 괜찮았다. 4학년 때 형이 가고 나서 없었지만, 그래도 괜찮았다. 문제는 중학교를 들어가고 나서부터였다. 이때는 벌써 많은 애들이 2차 성징이 일어나, 성별이 완벽하게 구별 나는 시기였다.

"야~, 예은이 키 많이 컸다. 언니랑 이러다 키 비슷해지겠는데? 뭐~, 그래봤자, 주원이의 키에서는 몇 십 cm 차이 나지만."

예은이도 예전보다는 더 선이 매끄러워졌고, 여성스러워졌다. 아마 이때부터 예은이한테 연심(戀心)을 가지게 되었다. 정확히는 그땐 몰랐지만. 예은이도 중학생이 되자, 내가 얼굴을 뚫어져라 쳐다보는 것도 얼굴을 붉히며 피했다. 중학교를 올라오고 나서부터, 예은이를 질투하고, 가지고 싶어 하는 애들이 많아졌다. 예은이랑 내가 친한 걸 질투하고, 시기하는 애들도 많았다. 그렇게…….

뻑!

"다시는,"

빡!

"예은이를,"

뻐억!

"울리거나, 해 입히면."
빠악!
"죽인……"
"주원아!"
그때 처음으로 예은이 앞에서 사람을 때리는 걸 보였다. 예은이도 많이 놀랐지만, 내가 상황을 설명하자,
"다음부터는 하지 마, 약속이야."
이렇게 약속까지 했다. 그런데도, 나는 예은이 없는 곳에서 예은이한테 나쁜 짓을 하려는 애들을 때리고, 또 때렸다. 그렇게 중 3이 되었을 무렵, 아직도 만나지 못한 형이 이성화의 집사로 고용시켰다. 나는 그렇게 중학교를 나왔다. 학교에서는 만나지 못했지만, 밖에서는 매주 주말마다 만났다. 그렇게 고 1. 원천고를 가서 예은이를 만나게 행복했다. 역겨움을 간신히 참아가며 매주 주말마다만 만났는데, 이제는 매일 볼 수 있다는 생각이 행복하게 돌아갔다. 그렇게 잘 지내다가,
"R. O. C. S.에 와라."
형의 제안에 흔들리고, 아버지를 향한 복수 때문에 들어갔다. 하지만, 그걸로 더 예은이를 괴롭혔다.
"…………………………………………………………"
나는 그 말을 듣고, 이성이 날아갈 것 같았다. 간신히 잡았지만, 예은이의 모습을 보고, 더 이상은 참을 수 없었다. 죽이고 싶었다. 얼마든지 목을 따서 그 놈들이 한 것보다 더 끔찍한 고통을 줄 수 있었다. 하지만, 무의식적으로 예은이가 있다는 생각 덕분에 안전선을 끄었다. 예은이가 우는 걸 보았다. 애써 마음이 흔들릴까 봐 바로 뒤돌아섰다. 이런 걸 계속할 수 있을까라는 생각이 들었다.

똑같이 그날 밤도 마찬가지였다. 백율하가 예은이를 때리고 있는 걸 보고는 이번엔 무의식도 막을 수 없었다. 이번엔 확실히 죽인다. 그런데, 예은이가 간섭을 안 할 거라고 너무 믿어서였을까, 아니면 눈치 채지 못한 걸까.

빠악!

예은이가 든 스탠드가 내 뒤통수를 가격 시켰다. 가면이 벗겨지고 서로 눈이 마주쳤을 때, 예은이의 당황스럽고 또다시 왜 그랬냐는 듯한 눈물이 고인 눈이 바라보고 있었다. 그렇게 가만히 그 눈을 바라보고만 있을 수밖에 없었다.

*

주원은 그때쯤 회상에서 벗어났다. 주원은 다시 울고 있던 예은이의 얼굴을 생각하며 탁해진 빛났었던 금빛 눈을 팔로 가리며 나직이 말했다.

"젠장."

재판 하루 전, 방에 있던 주원은 교도관으로부터 소포를 받았다. 소포 안에는 무선 이어폰과 가면 칩, 장갑이 있었다. 주원은 무선 이어폰을 귀에다 꽂자, 말이 나왔다.

- 주원아, 소통 되냐?

지서원이었다. 주원은 약간 쉰 듯한 걸걸한 목소리로 대답했다.

"어. 근데, 어떻게······."

- 단원한테 잡입시켜서 들고 왔어.

주원은 아까 교도관의 얼굴을 떠올리고 난 뒤, 지서원에게 물었다.

"어머니는? 어머니는 어떻게 되셨어?"

- …….
"어떻게 되신 건 아니시지?"
잠깐의 정적 끝에 절망적인 말이 나왔다.
- 돌아가셨어.
주원은 멍한 표정을 지을 수밖에 없었다. 어머니를 살려 드리려고 이성화 밑에 들어갔고, 마음이 급해, 지서원의 집단에도 들어갔다. 그런데 돌아가셨다고?
"……언제?"
- 너 만나기 2년 전에 돌아가셨었어. 너 만났을 때는 너를 입단시키려고…
그러나 다음 말을 이어지지 않았다.
콰직!
주원은 이어폰을 양쪽 다 부쉈다. 아무 말도 들리지 않고, 무슨 일도 할 수 있을 것 같았다. 다시 예전처럼 준비를 하고, 검을 구현시켜 방어막을 쉽게 잘라냈다.
삐이잉!
경고음이 켜지고 모든 교도관이 주원을 잡으러 왔다. 하지만, 주원은 들리지도 않고, 아무런 말도 하지 않았다. 그저 두 눈만 예전처럼 금빛으로 타오르기만 했다.
'지서원……. 형이고 뭐고 죽여 버리겠어!!'
쾅!
엘리베이터 문이 박살내고, 주원은 죄수복 위에 입은 R. O. C. S. 코트의 후드를 벗으며, 문을 열고 지서원의 사무실로 갔다. 그 안에는 지서원 말고도 독여진과 언제부터 와 있었는지 모르는 예은이도 있었다. 하지만, 주원은 지서원이 보이자마자 멱살을 움켜쥐었다.

"왜 말 안 했어, 왜!"

뻑!

지서원은 주원이 멱살 잡은 손을 뿌리치고 주먹을 휘둘렀다.

"서원아!"

"주원아……."

가만히 있는 지서원과 죽이려고 달려드는 주원이를 각각 독여진과 예은이가 싸우는 걸 멈추려고 끌어안았지만, 소용은 없었다.

"어머니 유언이였어, 주원아."

"그렇게 친근하게 부르지 마!"

주원은 입가의 피를 닦지도 않고, 아직도 분노가 어른거리는 눈으로 지서원을 바라보고 있었다.

"어머니가 너한테는 말하지 말라고 했어. 어머니는 너를 키울 때는 나보다 더 정성 있게 길러주고 싶었대. 네가 태어날 때는 아버지란 놈이 없었으니까. 그 놈은 갓난아이였던 나에게 장난감이 아닌 칼을 쥐어 줄 정도로 나쁜 놈이였으니까."

주원은 아직도 지서원을 째려보고 있었다.

"하지만, 어머니는 병들고 점점 죽어가면서도 아버지를 의지하는 모습을 너에게 보여주기 싫어하셨어. 어머니도 그 놈을 싫어해. 하지만, 어머니는 너에게 아버지가 못났다는 걸 알려주고 싶지 않으셔서 일부러 아버지는 착한 사람이라고 속인거야. 나도 어머니가 왜 그러는지 알고 있어서 나도 그렇게 말해주려 한 거고. 주원아, 나는 너가 이 일이 끝나고 차분히 얘기를 나누고 싶었어, 늦게 말해줘서 미안해."

주원은 지서원의 말을 끝으로 예은이에게서 벗어나 자신의 방에 들어갔다. 예은이도 결국은 조금 어떨 줄 몰라 가만히 있다가 주원을 따라 나갔다. 독여진은 둘이 나간 문을 바라봤다가, 지서원에게로 눈을 돌렸다.
"좀 말해주는 게 빨랐네."
지서원은 자신의 소파에 앉고 한숨을 푹 쉬며 말했다.
"나도 이렇게 빨리 말해줄 줄은 상상도 못했어."
독여진은 지서원의 옆에 다리를 꼬고 앉아, 담배와 라이터를 켜고 피웠다.
"주원이, 며칠 근신이야?"
지서원은 머리를 위로 쓸며 말했다.
"2년. 주원이 혼자가 아닌, 전국적으로."
"……뭐?"
"어쩔 수 없어. 예전에는 누군가가 혼자서 이랬다고만 나왔었지만, 이제는 단체로 움직인다는 것까지 알아버렸으니. 전체적으로 다 활동을 멈출 거야."
"회의 결과야?"
"어. 그러니까. 잠시 동안은 재정만 받으면서 살자고."
독여진은 입에서 담배를 떼고, 착잡한 얼굴이 된 지서원의 볼에다가 가벼운 입맞춤을 했다. 지서원은 갑작스러운 입맞춤에 놀라 독여진의 얼굴을 보자 독여진은 얼굴을 갖다 대면서 씩 웃었다가 다시 담배를 입에 물었다.
"그래, 잠시만 놀자."

*

"주원아. 나 들어가도 되지?"

예은이는 주원의 방문 앞에서 주원의 대답을 기다렸다. 몇 초 뒤, 목 매인 대답이 들려왔다.

"들어와."

예은이가 방 안으로 들어갔을 때는 주원은 침대에서 살짝 걸쳐 앉아 고개를 살짝 숙인 상태에서 손으로 얼굴을 가리고 있었다. 예은이는 근처의 의자를 끌고 와 주원이의 앞에 앉았다. 예은이가 앉고 난 뒤, 주원은 얼굴에서 손을 떼고, 붉게 된 눈을 예은이에게 고정시켰다. 예은이는 마음을 추스르고 말했다.

"있잖아, 미안해. 나는 네가 나를 그렇게나 생각하고 있었는지 몰랐어. 사실……, 너 좋아해."

예은이의 갑작스러운 말에 주원은 고개를 들어 보니, 예은이의 얼굴은 붉어져 있었다.

"근데. 네가 갑자기 대기업 회장 딸 집사가 되니까, 나한테는 그저 진짜로 왕국 공주 사윗감인 왕자님 같았어. 그래서 너랑은 계속 친구로 있고 싶었어. 그런데 네가 나한테 잘해주니까, 마음이 흔들렸어. 너한테 말해야 하나, 말하지 말아야 하나 싶었어. 그러다, 그 일 때문에……."

예은이는 갑자기 그 공포가 떠올랐는지 어깨가 흔들렸다. 주원은 예은이의 어깨를 살짝 잡아주었다.

"네가 나타나줘서 고마웠어. 네가 나를 지켜줄 것 같다는 생각이 들었고. 그런데 네가 그 선배들을 잔인하게 때릴 때, 무서웠어. 네가 그렇게까지 사람을 때리는 모습을 나한테 보인 건 처음이었으니까. 그러고 난 뒤엔 백율하 아가씨가 불러서 갔는데, 나 때문에 네가 백율하 아가씨한테 못 넘어왔다고. 그것 때문에 엄청 맞았어. 맞으면서도 네가 와줘서 구해줬으면 했는데, 또 네가 나타났어. 그때는 네가 누군지 몰랐지만, 사람을 죽이는 걸 볼 수 없어서 너를 때리고 얼굴을 보는 순간, 진짜로 무서웠어. 네가 사람을 죽이려고 하고 진짜로 죽이기까지 했었다는 생각에……."

그 순간, 예은이는 울음을 터뜨렸다. 주원은 팔을 뻗었다가, 잠깐 멈추었다가 꽉 끌어안았다.

"미안해. 그리고, 나……너 절대 안 버려. 아니, 못 버려. 내가 무슨 짓을 당하더라도 다음부터는 그딴 놈들한테 그렇게 되지 않게 해줄게."

예은이는 주원의 어깨에 파묻혀 주원의 어깨를 적셨다. 예은이는 주원의 어깨에서 몸을 떼고, 울음을 멈추고 주원에게 물었다.

"있잖아, 혹시 사귈래?"

"뭐?"

주원은 예은이가 먼저 말을 할 줄은 몰랐다. 예은이는 아직 눈물이 차있는 눈을 초승달로 만들며 말했다.

"뜬금없는 건 아는데, 그냥, 어차피 너 지금 교도소 탈옥해서 이상아 아가씨한테도 못 돌아가잖아. 그러니까 사귀자고."

주원이 고개를 숙여 얼굴 표정이 안 보이자 예은이는 거절의 표사인 줄 알고, 얼굴이 붉어지며 말을 더듬었다.

"아, 아니. 나, 나는 그저 내, 내가 좋아한다는 거지. 네가 나, 나랑 사귀어 줄 필요……."

하지만, 말이 끝나기도 전에 주원이 예은이의 얼굴을 잡고, 입술에 입을 맞추었다. 예은이는 당황했지만, 곧 더 밀어 밀착시켰다.

그리고 약 1분 뒤, 주원은 예은이의 입술에서 떨어졌다. 주원은 민망한 듯 얼굴을 쓸었다.
"좀 엉성하지?"
주원이 씩 웃자, 예은이는 안 그래도 빨갛던 얼굴이 터질 것 같이 더 붉어졌다. 그러고는 아까보다 더 말을 더듬으며 말했다.
"나, 나느, 나는 그, 그게, 어, 어……."
예은이는 침을 삼키고, 확실히 명백해진 목소리로 말했다.
"이제 사귀는 거지……?"
주원은 팔을 다리에다가 얹고 턱을 괴면서 씩 웃었다.
"응. 사랑해 자기야."
짓궂은 금빛 눈이 예은이를 바라보자, 이제 예은이는 목과 귀까지 얼굴처럼 붉게 됐다. 주원이 폭소를 터트리자, 예은이도 따라 웃었다. 높다랗게 걸려있는 보름달은 세상을 밝히고 있었다.

에필로그

띠릭!

침대에 누워 있던 주원은 시계의 알람에 일어나 씻고, 이제는 짧아졌지만 제멋대로 삐져나온 머리를 정수리 쪽만 푹 누르며, 옷을 차려입고, 밖으로 나왔다.

"워!!"

문 앞에는 원형에 복잡한 도형들이 가득한 가면을 쓴 여자가 있었다. 주원은 귀 뒤쪽의 칩을 눌러 가면을 비활성화했다.

"딱히 안 놀랐어."

"치이, 그래도 놀란 척은 해주지."

예은이는 뾰로통한 얼굴로 주원이를 째려봤다. 주원은 그런 예은이를 보며 입을 맞추고 옥상으로 갔다. 예은이는 뒤따라오면서 말했다.

"야! 내가 먼저 하기 전에는 입 맞추지 말랬지!"

주원은 예은이를 기다렸다가, 손을 마주 잡고 건물 옥상으로 엘리베이터를 타고 올라갔다. 옥상에는 책상과 의자 4개가 준비돼 있었다.

"그나저나 형은 언제 도착,"

"했다."

주원이 뒤에서 갑자기 나타난 지서원은 예은이에게도 인사를 했다.

"서원이 오빠가 등장하는 건 언제나 타이밍 맞추는 거 힘들다니까."

"나도 아직까지는 감이 안 와."

지서원은 자리에 앉으면서 둘에게 앉으라고 말했다.
"여진이 누나는요?"
"여진이 언니는 애 돌봐야 한다고 몇 달은 일 못한다던데."
주원은 그 말이 끝나고, 지서원을 경멸스럽게 보았다.
"왜? 왜? 너는 안 그럴 것 같지?"
지서원과 주원의 신경전에 익숙해진 이예은은 물었다.
"왜 부른 거예요?"
지서원은 주원에게서 시선을 거두며 말했다.
"아, 이제 다시 시작하려고. 오랜만에 몸 좀 풀어야지. 이 쓰레기 놈들 우리 정체를 알고도 2년 동안 더 하더라고. 자, 낙하 준비해."
넷은 다 준비를 마치고 자리에서 일어났다.
"나는 글리치로 먼저 가 있을 테니까, 너희 두 명은 데이트나 하면서 와."
지서원은 난간에서 뛰어내리면서 사라졌다.
"하……. 저, 진짜."
예은이는 주원의 말을 들으며 웃었다.
"그래도 이렇게 같이 임무 맡는 건 처음이잖아, 안 설레?"
주원은 이마에서 손을 떼며, 말했다.
"어, 설레. 두려워가지고 벌벌 떠는 널 공주님 안기하고 내려가는 걸 상상하니까."
예은이는 가면을 구현화 시키며 뾰로통한 말을 내뱉었다.
"나도 이제 혼자 내려갈 수 있거든?"
주원은 마찬가지로 달을 보며 가면을 쓰며 말했다.
"자, 가자. 멸망이 아닌 혁명으로."
그렇게 그날 밤은 하얀 달이 아닌 금빛 태양이 떴다.

차림상 6 GH프로그래머

이 반복되는 삶 속에서 어제 같은 단물을 기다리며
난 또다시 출근을 한다.

-박시후 요리사-

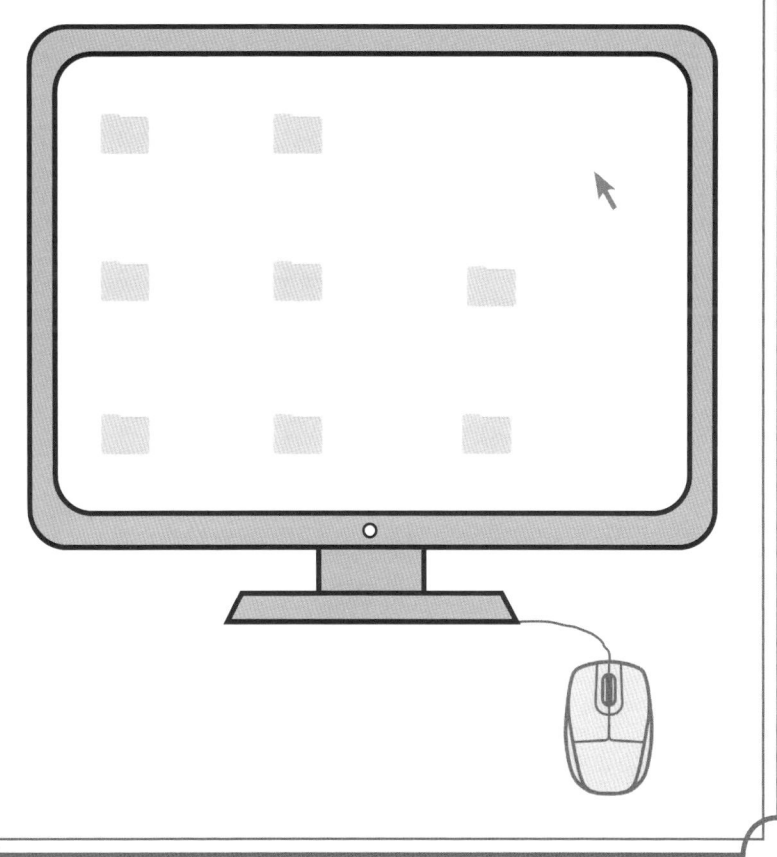

GH프로그래머

 나는 30살 김민수다. 젊은 나이에 GH라는 IT 기업을 창립하였다. GH는 주로 사이트, 서버 등 프로그래밍과 관련된 거의 모든 것을 하는 기업이다. 직원 수는 20명 정도 된다.
 여느 때와 다름없이 나는 아침 7시에 출근했다. 회사는 조용했고 아무도 없었다. 나는 고요한 회사를 둘러보며 걷기 시작했다. 그렇게 한 2시간 정도 걸었더니 직원들이 하나, 둘 들어왔다.
 "좋은 아침입니다. 대표님!"
 직원들은 내게 아침마다 이렇게 인사하곤 한다. 그러나 난 늘 똑같이 말한다.
 "우리 서로 동기인데 존댓말 하면서 지낼 필요가 있겠어? 그냥 편하게 말해!"
 자리로 가서 업무를 보고 있는데 오후 2시쯤 내게 전화가 왔다.
 "안녕하세요, 하이택 마케팅 팀장 최상석입니다."

하이택은 요즘 기계공학 쪽에서 엄청난 성과를 보이고 있는 기업이다.
'팀장 이름이 최상석이라……. 내 동창이랑 이름이 똑같네.'
"네 안녕하세요. 김민수입니다. 혹시……."
내가 뒷말을 하기도 전에
"어? 혹시 일중고등학교 3학년 7반 김민수?"
"이야, 이렇게 연락이 될 줄은 꿈에도 몰랐다!"
그렇게 분명 비즈니스적 연락이라 생각한 통화가 사적인 통화로 변질되어 우리는 그렇게 한참 통화했다.
그날 내 메모에는 이렇게 쓰여 있었다.

> 최상석, 다음 주 주말 술 한잔

다음 날 나는 최상석에게 어제 왜 전화했는지 묻기 위해 전화를 걸었다. 최상석은 나보고
"우리 회사는 S급 사이트를 원하는데 혹시 만들어 줄 수 있어?"
라고 말하며 높은 금액을 선제시 했다.
"좋아. 언제까지 작업이 완료되길 원해?"
"최대한 빨리 만들어줘. 급한 일이라 서둘러야 해."
"알겠어. 최대한 빨리 만들어줄게. 나만 믿어."
대화에선 괜찮은 척했지만 정말 최상석이 내 친구가 아니었다면 폭발했을지도 모른다. 상석이는 원래 고등학교 때에도 많은 일을 갑작스럽게 단기간에 처리하려는 경향을 보였다. 그래서 우린 그런 상석이를 보고 급발진수행자라고 부르곤 했다.
곧바로 홈페이지 제작 부서와 회의했고 회의 결과 대규모 프로

젝트라 판단하여 코드1을 발령하였다. 코드1이란 여러 부서의 사람들을 모아 일시적 팀을 만들어 프로젝트를 수행 할 때 사용하는 코드 번호이다. 그렇게 디자이너와 개발자들을 모아서 하이택 담당 팀을 만들었다. 나는 그 후로도 추가적으로 하이택과 여러 번의 미팅을 가졌다. 그렇게 정신없이 일주일이 지나가고 상석이와 술을 먹기로 한 날이 되었다. 여름 날씨여서 그런지 후텁지근했다. 나는 반팔을 입고 편한 복장으로 술집에 들어갔다. 구석에 낯익은 사람이 앉아서 누군가를 기다리는 것 같았다.

"상석아!!"

"오! 민수야! 오랜만이다!"

우리는 서로를 바로 알아봤다는 것에서 절친 관계였던 우리를 뿌듯해했다. 오랜만에 만나서 할 얘기가 고등학교 때 있었던 일이랑 각자의 회사일 밖에 없었다. 그때 상석이가

"그러고보니 너 정말 회사 차리는 거 성공했네? 옛날에 너가 회사 차리면 직장 없는 친구들 받아준다고 했었잖아. 혹시 우리 동창 중에 네 회사 다니는 사람 있냐?"

"아, 그랬었지. 정말 놀라운 건 뭔 줄 아냐? 정말 내 회사에 동창이 다니고 있다는 거다!"

"오? 정말? 그게 누군데?"

"너 혹시 이하연이라고 기억하냐?"

"어어! 그때 우리는 고3때 엄청 사고치면서 다녔던 애 아니냐?"

"맞지맞지. 걔 대학에서 디자인과 졸업하고 우리 회사에 면접 왔길래 얼마나 놀랐는 줄 아냐?"

"와! 정말? 그래서 통과했어?"

"당연하지. 그리고 지금은 너희 회사 사이트 디자인을 담당하고 있어."

"대박! 이번 작업 끝나면 또 셋이서 한 번 모여야겠네"
"좋지! 난 찬성이다!"
이런 대화를 무려 5시간이나 할 줄 누가 알았겠는가. 내일이 일요일이어서 다행이지. 아니었으면 정말 끔찍했을 것 같다. 그렇게 시간이 흘러 하이택 사이트를 완성했다.
"안녕. GH 대표 김민수다. 의뢰한 사이트 다 만들어서 연락했어."
"아 드디어 완성된거야? 사이트 주소가 뭔데?"
"하이택.kro.kr. 괜찮지?"
"당연하지. 너무 만족스럽다. 또 부탁할 일 있으면 연락할게."
"그래그래. 수고해!"
"너 이하연이랑 같이 약속 잡는 거 잊지 마라!"
하이택 프로젝트도 이로써 무사히 마무리되었다. 프로젝트가 무사히 마무리돼서 긴장이 풀린 탓일까? 졸음이 쏟아졌다. 그때 메시지 하나가 왔다.
'이야! 역시! 사이트 잘 만들었네?'
상석이에게 온 메시지였다. 나는 이에 이렇게 답장을 보냈다.
'이 경력만 얼만데.'
하이택 프로젝트가 완료된 지 어느덧 2주가 흘렀다. 사이트에서 보안 관련 설정도 완성되었다. 마지막으로 더 추가 할 것이 없는지 회의하고 있던 그때였다. 여느 때와 다름없이 우리는 회의실에서 회의가 한창이었다. 그때 나에게 한 전화가 왔다.
"대표님! 큰일 났습니다. 지금 H245동에서 화재가 발생했습니다!"
나는 그 순간 머리가 하얘졌다. H245동은 우리 회사에서 관리

하는 거의 모든 것을 저장하는 서버가 있는 곳이었다. 일단 난 침착하게

"거기 있는 사람 무조건 대피시키고 서버 실시간 백업 돌리고 아무도 접근 못하게 해!"

나는 회의실에서 박차고 나와 최대한 빨리 H245동으로 달려갔다. 다행히 사람들은 다 대피한 거 같은데 서버 데이터가 안 날아갔을지 걱정이다. 물론 우리 회사는 백업 서버가 있어서 이런 화재를 대비하고 있었다. 나는 우선 백업 서버 가동을 시작했고 H245동의 불이 꺼진 후 최대한 빨리 복원을 시도했다. 복원을 하던 중 불난 곳에 기름 붓는 것도 아니고 재앙 같은 말이 들려왔다. 하이택 프로젝트 파일이 아직 백업 서버로 넘어가지 않았다는 것이다. 나는 제발 H245에 있었던 서버가 살아있길 빌면서 스토리지를 확인했다. 한참 동안 로딩이 뜨더니 한 문구가 떴다.

"인식되지 않는 저장소입니다"

아뿔싸! 서버 파일이 다 날아가 버렸다. 나는 중학교 때부터 코딩을 본격적으로 시작했다. 그때 이후로 늘 백업에 백업을 하는 습관을 갖고 있었다. 그래서 난 한 번도 파일이 없어진 적이 없었다. 나는 좌절감 때문에 어지러워 서 있기조차 힘들었다. 그때 전화가 울렸다.

"여보세요? 이하연?"

"H245동에 불났다며? 괜찮아?"

"다친 사람은 없는데 우리가 작업해놓은 파일 다 날아갔대. 다시 해야 할 거 같아."

"그거 땜에 놀랐겠다! 걱정 마! 내가 백업해놨으니깐!"

이게 무슨 꿈같은 말인지 묻고 또 물었다. 원래 개인이 파일을

백업할 일이 없을뿐더러 이하연은 평소에 백업도 잘 안 해서 나한테 잔소리를 많이 듣곤 했다. 그래서 난 당연히 이하연이 파일을 백업하지 않았을 줄 알았다. 근데 이게 어떻게 된 일인지 의문이었다. 상황은 이러했다.

원래 백업을 담당하는 부서에서 하이택 프로젝트 파일을 백업하려고 하니깐 이하연이 지금 작업할 것이 있어서 본인이 작업을 마무리하고 백업한다고 했다. 그렇게 이하연이 작업을 끝내고 원격으로 백업을 하려니깐 오류가 나서 직접 외장하드에 파일을 복사에서 백업 서버에 옮기려 했던 것이다. 외장하드에 다 옮겼을 때 화재가 나서 파일은 무사히 외장하드에 백업이 완료되었다. 나는 이하연한테 달려가서 고맙도고 수십번도 넘게 말하고 마음속으로 생각했다.

'다시 할 일은 없겠구나! 다행이다!'

출장을 갔다가 사무실로 돌아오는 길에 휴대폰을 보니 알림이 948개가 와있었다. 갑자기 이렇게 알림이 많이 오면 좀 두렵다. 알림들은 보완 부서 단톡에서 온 것이었다.

'큰일났습니다. 현재 서버가 디도스 공격을 당한 거 같습니다.'

'박과장이 빨리 처리하게!'

'지금 전산 마비입니다!'

'다른 문제는?'

'현재 모든 기기 다운 상태입니다!'

누가 봐도 비상사태인 걸 알 수 있었다. 얼마 전에 일어난 화재 때문에 복구한다고 골머리를 앓았는데 이번엔 디도스 공격이라니. 너무 잘 나가는 회사들한테는 해킹 공격은 자주 일어난다. 그렇지만 오늘처럼 이렇게 직접적으로 당한 적은 처음이다. 나는 사무실로 최대한 빨리 달려갔고 상황을 파악하기 위해 이실장을 만났다.

"이실장, 지금 이게 무슨 일이야?"

"김민수! 우리 어떡해? 지금 모든 기기가 작동을 멈췄어."

"그쪽에서 아마 락을 건 거 같은데……"

"그렇다면 어떡해야 하지?"

"어떡하긴 빨리 복구해야지"

나는 내 비상용 노트북으로 빠르게 우리 회사 서버에 접속했다. 직접 상황을 보니 가관이었다. 거의 모든 데이터는 암호화 돼서 확인이 불가능한 상태였다. 나는 일단 모든 파일을 삼중 백업했고 보안팀한테 최대한 빨리 암호화를 풀라고 지시했다. 그리고 나는 반대로 디도스 공격을 한 곳을 파악하기 시작했다. 코드를 보니 한두 명이 한 것이 아니라 단체적으로 해킹을 시도한 것을 알 수 있었다. 전직 화이트해커였던 나는 빠르게 상대 쪽 서버에 접속을 성공했고 디도스 공격을 끊었다. 그러자 상대방은 이를 눈치챘는지 더 강력한 바이러스를 퍼트리기 시작했다. 다행히 내가 만들어 놓은 백신툴로 이를 막을 수 있었다. 그사이 암호화를 다 풀었고 모든 게 복구되었다. 나는 아이피 주소를 확인해 디도스 공격을 한 곳이 APS 라는 것을 알아냈다. APS라는 미국에 있는 대형 해킹 조직이다. 이곳 때문에 유명한 IT기업 대부분이 당했다. 특히 SoftMicro는 개인정보까지 털리는 바람에 엄청난 타격을 입은 적이 있다. 다행히 우리는 데이터가 틸리진 않았으나 이로 인해 3시간 동안 아무도 서버에 접근하지 못해서 이용자들이 많은 불편을 겪었다. 나는 급히 기자회견을 열어서 일어났던 일들을 이용자에게 설명했다. 다행히 이용자들은 지금까지 많은 일에 대처를 잘해왔던 우리를 믿어주면서 상황은 일단락되었다. 최상석에게서 전화가 왔다.

"야! 괜찮아? 너희 회사 디도스 공격 당했다며!"

"아우 말도 마. 그거 땜에 지금 거의 죽다 살았어."
"그래도 전직 화이트해커 아니랄까 봐 실력 살아 있네?"
"하하 매일 하는 게 코딩인데 그정도 쯤이야!"

정신없이 바쁜 날들이 지나고 드디어 최상석과 이하연이랑 만나기로 한 날이다. 우리는 6시에 대곡역에서 만나 저녁을 먹으러 갔다. 지나가는 식당들마다 사람이 많아서 들어가기가 무서웠다. 우리는 짬뽕을 먹으러 갔는데 그나마 사람이 많지 않아서 조용히 먹을 수 있었다. 밥을 다 먹으면 늘 신경전이 오간다. 바로 계산이다. 그때 상석이가 말을 꺼냈다.

"오늘 나 회사에서 보너스 받았는데 내가 쏠게!"

나랑 하연이는 환호했다. 나는

"그럼 내가 카페 쏠게!"

라고 말했다. 친구들이랑 같이 놀 때 내가 돈을 한 푼도 안내면 괜히 마음이 불편해서 난 꼭 한 번이라도 뭔가를 산다. 우리는 근처에 카페에 가서 이야기를 나눴다. 상석이는 하연한테 말했다.

"너 언제부터 그렇게 일을 잘 벌렸냐?"

여기서 일을 잘 벌린다는 의미는 굳이 안해도 되는 일인데 엄청 열심히 해서 사서 일하는 걸 말한다. 하연이는

"음.. 초등학교 때부터 그랬던 거 같아."

"뭐? 잼민이 시절에?"

"오랜만에 듣네, 잼민이. 어릴 땐 그렇게 듣기 싫었는데 지금 들으면 은근 귀엽단 말이야. 아무튼 나는 다른 사람들이랑 프로젝트 하는 걸 좋아했어. 같이 함께 협력하면서 일을 해결하는 게 좋았지. 그리고 솔직히 공부 빼곤 다 열심히 하고 싶어. 공부만큼은 열심히 하고 싶은 마음이 안 생기더라. 그때 공부도 열심히 하고

싶었다면 아마 난 서울대 갔을 거라고!"
"에이, 그래도 너 공부 잘했잖아."
"못하는 편은 아니었지. 그런데 막상 고등학생이 되니깐 어릴 때 좀 더 열심히 해둘 걸 하면서 후회를 얼마나 했는지 몰라. 그래서 고등학교 들어가서 정말 열심히 공부했던 거 같아."
나와 상석이는 고개를 끄덕였다. 그런데 좀 이상했다.
"근데 너 고등학교 때도 사서 일 많이 했잖아. 그럼 일도 사서 하고 공부도 열심히 했다는 거야?"
"사서 일 하는 건 고등학생이 돼도 버릴 수가 없더라. 그래서 난 사서 일도 하고 공부도 했지"
"이야, 그 정도면 분신술 써서 생활한 거 아니야? 난 공부만 해도 바빠서 쓰러질 뻔 했는데."
"야, 그건 네가 공부를 워낙 열심히 했으니깐 그렇지!"
이때 하연이가 나보고
"너는 언제부터 코딩을 한거야?"
라고 물었다. 내가 코딩을 시작하게 된 건 아마 17년 전일 거다. 그때 코로나 때문에 많은 사람들이 집에만 있던 시절이 있었다. 나는 그때 초등학교 6학년이었는데 외동이어서 같이 놀 사람도 없고 게임도 안 했던 나는 정말 심심했다. 그런 내 모습을 보더니 어머니가 게임을 해보는 게 어떻겠냐고 제인했고 그때 하게 된 게임이 바로 마인크래프트다. 많은 사람들이 마인크래프트를 알지만 마인크래프트에서 코딩을 하는 사람들은 드문거 같다. 나는 마인크래프트에서 코딩을 맛보고는 정말 신세계라고 생각했다. 내가 원하는 대로 창작이 되니깐 내가 꼭 신이 된 기분이었다. 그래서 난 그때 게임이 아니라 정말로 누구나 사용할 수 있는 걸 프로그래밍해

보고 싶었다. 그래서 생각해낸 것이 바로 사이트 즉 홈페이지이다. 코딩의 코자만 알고 있었기 때문에 난 유튜브를 찾아보면서 열심히 공부했다. 우선 HTML부터 시작해서 JAVAscript, CSS와 같은 프로그래밍 언어를 공부하기 시작했다. 차근차근 배워서 드디어 사이트처럼 '보이는' 사이트를 구현할 수 있게 되었다. 여기서 '보이는'이라는 단어가 중요한데 아무 쓸데도 없고 특별한 기능도 없는 사이트라는 의미이다. 아무도 관심 가져주지 않았지만 난 계속 또 다른 사이트들을 만들어보았다. 내가 다니는 학원들의 사이트 심지어 학교에서 사용할 법한 사이트도 만들어보았다. 물론 학교와 학원에서는 내 사이트를 써주지 않았지만. 그러다 중학교 2학년이 되자 사이트 말고 프로그램 즉 앱에 대해 관심이 생겼다. 사실 예전에도 앱을 개발해보고 싶어서 시도했지만 실패한 적이 있었다. 그러나 이번에 다시 도전해서 성공해보고 싶었다. 그렇게 시도한 끝에 결과는 실패였다.

'옆에서 코딩을 가르쳐주는 사람이 있었으면……'

그때도 난 코딩을 취미로만 했기 때문에 코딩학원을 다니지 않고 오로지 독학으로만 했다. 그래서 그런지 한계가 있다는 것을 느낄 수 있었다. 그렇게 1, 2년이 지나고 고등학생이 되었다. 나는 진로를 프로그래머로 잡았고 주말마다 코딩학원에 다니기 시작했다. 그러나 고등학생이 공부해야 할 것은 상당했다. 과목도 중학교에 비하면 너무나도 많았고 학교 중간 기말고사에다가 모의고사까지 매일매일이 시험이어서 빠르게 코딩을 배우진 못했다. 그러나 난 매주 주말마다 조금씩 조금씩 배웠고 어느덧 고등학교 2학년이 되었을 무렵 드디어 앱을 개발할 수 있었다. 정말 역사적인 순간이었다. 그렇게 수능도 치고 대학도 갔다가 회사를 차린 것이었다.

내 이야기를 듣던 상석이와 하연이는 감동을 받은 눈으로 나를 바라보았다.

"이렇게까지 감동 받을 일이냐? 둘이 왜 그래!"

"너의 시련이 나한테 느껴졌어. 얼마나 공감되던지 차마 말을 잇지 못하겠다."

'아 참! 상석이와 하연이가 극강 F였지.'

나는 상석이에게 학창 시절 이야기를 해달라고 말했다. 상석이는 진지한 표정을 짓더니 이야기를 시작했다.

"내가 초등학교 때에는 학원을 하나도 다니지 않았어. 학원이라는 존재도 모르고 그냥 신나게 하루하루 놀기만 했거든. 그러던 초등학교 5학년 되자 엄마가 내게 수학학원을 다녀 보지 않겠냐고 제안했어. 수학학원이 뭔지도 모르고 그냥 학원에 테스트를 보러 갔지. 다행히 학교 수업을 열심히 들었더니 풀 만한 문제들이 많더라고? 그래서 나름 만족스러운 성적으로 학원을 다니게 됐는데 그 때 처음으로 숙제라는 걸 받아보게 됐어. 지금 생각하면 좀 더 일찍 학원을 다닐 걸 하고 후회하는데 그 당시에는 지금 내가 왜 학원에 간다고 했을까 하고 후회했지. 아무튼 그러다 영어도 다니게 되고 하면서 보통 아이들과 비슷한 학원 스케줄로 살게 됐어. 그리고 학교에 있었던 이야기를 하자면……."

상석이 이야기를 들어보니 학원을 늦게 다녔다는 걸 알게 되었다. 그러나 상석이는 고등학교 3학년 때 수학을 잘하는 축에 속했다. 정말 눈부신 발전을 한 거 같다. 상석이는 말을 계속했다.

"학교에서 나는 친구들이랑 같이 이야기하는 것이 좋았어. 그리고 선생님이랑 이야기하는 것도 좋아했어. 나는 초등학교 2학년 때부터 계속 학급 임원을 해왔어. 다시 말해 뭐 하는 걸 좋아했지.

그러면서 학교에 있는 친구들이랑 어울리면서 즐겁게 학창 시절을 보냈던 거 같아."

나도 말을 했다.

"나도 선생님들이랑 잘 지냈던 거 같아. 한번은 선생님께서 내게 난 모두와 친구를 할 수 있는 능력을 갖고 있는 것 같다고 말씀하셨어. 그걸 들었을 때 얼마나 기분이 좋던지 하늘을 날아갈 것 같았어. 학창 시절에 친구들과 선생님들과 관계가 정말 중요했던 것 같아. 또 수업시간에 얼마나 열심히 들었는지 다시 학창 시절로 돌아간다 해도 난 그렇게는 못 하겠더라"

우린 이렇게 밤새도록 떠들고 놀았다.

어제 정말 재밌게 놀았다. 다시 출근을 하려니 몸이 침대에서 떨어지지 않는다. 그렇지만 난 다시 GH기업의 대표로서 최선을 다해 살아야 한다. 이 반복되는 삶 속에서 어제 같은 단물을 기다리며 난 또다시 출근을 한다.

차림상 7 안녕하세요? 신입 알바생입니다!

나는 언제나 그랬듯이
진심 아닌 진심 같은 건성으로 손님을 환영했다.

-권도훈 요리사-

1. 나

2. G.O.D

3. 안녕하세요? 신입 알바생입니다!

4. 하늘세계

5. 케빈 알라니로

6. 아미노와 키리히미

7. 우·러 전쟁과 새로운 전쟁

8. 누구를 위한 것인가?

9. 안녕하세요?

G.O.D

1. 나

언제나 같은 일상이 반복된다. 나는 김태민. 정확히 대학교 1학년 된 지 한 달 하고도 이틀이 지났다. 대학생이 된 김에 아르바이트나 하자면서 열정에 타올라 시작한 편의점 아르바이트에 지쳐 녹아내리던 어느 한 여름 밤.

띠링~ 경쾌한 벨 소리가 내 귀에 울렸다.

"어서 오세요."

나는 언제나 그랬듯이 진심 아닌 진심 같은 건성으로 손님을 환영했다. 하지만 나는 손님을 본 순간 놀랄 수밖에 없었다. 이상했다. 아주 이상했다. 그냥 머리부디 발끝까지 이상했다. 무슨 저런 사람이 있을 수 있냐며 하마터면 112에 신고할 뻔했다. 편의점 아르바이트 선배가 말하길 가끔 제정신이 아닌 사람들이 편의점에 온다고 했다. 그때가 내가 있는 시간이 아니기를 바랐었다. 그런데 그 제정신 아닌 사람이 하필 트로트 가수가 입을 만한 블링블링한 옷을 입고 내가 있는 시간에 나타나다니! 모자는 찰리와 초콜릿 공장의 윌리웡카의 모자에다가 아까 말한 트로트 옷에 바지는 체육복 바지에 신발은 구두였다. 키는 한 2m 정도 되는 것 같은데 남성인지 여성인지까지는 알 수 없었다. 머리부터 발끝까지 옷 색깔이 보라색이었다. 순간 보라돌이가 생각났다.
"2,600원이죠?"
큰 거구의 사람이 다가와서 물었다. 남성의 목소리였다.
"네, 고객님~"
잘못하면 큰일이 일어날 것만 같아 두 손을 흔들진 않았지만, 놀이공원 직원의 말투로 말했다.
"저 나쁜 사람 아니니 큰일 일어나지 않아요."
남자가 담담한 목소리로 말했다. 나는 순간 놀랐다. 내가 너무 티를 냈나 싶었다. 아니면 남자가 눈치가 빠른 것 같았다. 빨리 이 상황만 제발 벗어나면 좋겠다고 생각했다.
"아, 예."
심장은 두근댔지만 무덤덤하게 대답했다. 순간 '점술사 또는 무당?' 여러 생각이 나의 머리를 가로질러 갔다. 남자가 이번에는 웃으면서 말했다.
"점술사도 무당도 아니에요. 몰카도 아닙니다."
나는 그 순간 얼어붙었다. 눈물이 나기 일보 직전이기도 했고 또 내가 잘 못 들었나 싶기도 했다. 나는 옆에 있던 청소도구를 꺼내 그 남자를 향해 겨누었다.
"누······. 누구야!"
순간적으로 반말을 했다. 매우 긴장됐고 무서웠다. 그런데 그 사람은 당황한 기색 없이 2,600원과 이상한 전자기기를 놓고는 가 버렸다.

2. G.O.D

그 이상한 사람이 가고 10분 뒤 그가 주고 간 이상한 전자기기가 울렸다. 그 전자기기를 드니 영화에서만 볼 법한 홀로그램이 나왔다. 무슨 이런 이상한 일이 다 있나 싶었다. 심지어 꿈인 것 같아 꼬집어보았다.

☆☆☆

안녕하십니까?

김태민 님 저는 시리입니다.

10분 전에 온 사람은 저의 후배 지니입니다.

제가 오늘 말씀드릴 것은 김태민 님이 G.O.D와 함께 일한다는 것입니다.

G.O.D는 지금 김태민 님이 생각하는 그 신 맞습니다.

내일 아침 7시에 이 전자기기를 누르면 이곳으로 출근하게 될 겁니다.

제가 알기론 곧 편의점 아르바이트가 끝이 나지요?

우리 회사인 하늘 세계에서 일해보시는 건 어떻습니까?

참고로 하늘 세계는 인간이 상상하는 것과 매우 다릅니다.

체계적인 시스템으로 가족처럼 한 사람 한 사람
정성스럽게 보살피고 있습니다.

지금 김태민 님의 행동도 다 보입니다.

또한 모든 우주의 하늘 세계와도 서로 소통하고 있습니다.

월급은 1,500만 원입니다.

나머지 자세한 상황은 뵙고 말씀드리겠습니다.

내일 9시까지 오지 않으시면 거절하는 것으로 알겠습니다.

참고로 현재 상황과 좀 전 상황은
CCTV에 찍히지 않았으니 안심하셔도 됩니다.

또한 편의점 아르바이트도 그만두지 않아도 됩니다.

이유는 나중에 알게 될 것입니다.

감사합니다.

☆☆☆

긴 설명이 끝난 뒤 그 홀로그램은 사라졌다.

3. 안녕하세요? 신입 알바생입니다!

다음 날 아침, 전날의 일들을 다시 차근차근 떠올려 보았다. 어떤 이상한 보라돌이가 '지니'이고 그 홀로그램에 나온 모든 게 흰색인 사람이 '시리'. 아무리 생각하고 또 생각해도 꿈처럼 비현실적이다. 일단 준비는 했는데 전자기기를 누르면 어떤 일이 일어나게 될지 기대가 되기도 걱정이 되기도 하면서 왜 하필 나인지에 대한 의문이 들었다.

띠띠띠띠~ 띠띠띠띠~

알람 소리다. 6시 50분인가 보다.

"눌러볼까?"

나는 조심스레 전자기기를 눌러보았다.

"띠링~, 안녕하십니까? 김.태.민.님 저는 김태민 님을 안내할 헤르메스입니다. 저를 간단히 소개하자면 저는 최상위 권위자이자 권력자인 G.O.D님의 충성스러운 보고 담당이며 직원 운송을 담당하는 천사입니다. 이제 일명 하늘 세계이자 G.O.D님의 구역으로 가도록 하겠습니다. 준비는 다 되셨죠?"

순간적으로 막대한 양의 빛이 빅뱅처럼 태민의 방에 퍼지더니 헤르메스와 김태민, 둘 다 이내 방 안에서 사라졌다.

"도착입니다."

눈을 떠보니 내가 생각했던 하늘 세계와는 꽤 차이가 컸다. 구름 위에 큰 대기업 건물같이 생긴 모습이었다. 그 뒤편으론 끝이 보이지 않는 넓고 아름답고 평화로운 대지와 평온하고 행복해 보이는 사람들, 동물들 그리고 작은 집이 옹기종기 모여있었다. 자꾸만 그쪽으로 가보고 싶게 만드는 눈부신 공간이 이었다. 그곳은 경이롭기까지 했다.

"저기는 죽은 후 가는 곳입니다. 인간들은 저곳을 천국이라 부르죠. 인간 세계의 대기업 건물처럼 보이는 이 건물은 인간인 김태민 님을 위해 G.O.D님이 특별히 구름에서 모양을 바꾼 것입니다. 한 가지만 더 추가하자면 이 구역에 들어온 살아있는 인간은 김태민 님이 처음입니다."

건물 간판에는 'G.O.D'라고 적혀 있었고 플래카드에는 '김태민 님, 환영합니다.'라고 적혀 있었다.

"저 인간은 왜 왔을까? 딱히……."

"몰라……."

주변의 천사들이 고개를 갸웃거리며 수군대었다.

헤르메스의 설명이 이어졌다.

"이제 육체와 영혼이 분리될 것입니다. 육체는 다시 현생으로 돌아갑니다. 현생으로 돌아간 육체는 김태민 님의 또 다른 정신이 대신 사용할 것입니다. 다른 정신이라 했지만, 원래 김태민님이니 걱정하지 마십시오. 김태민님이 여기서 일하시는 동안 다른 정신이 대신 편의점 아르바이트 및 공부를 할 것입니다. 다른 누군가가 대신해준다는 것 같지만 다시 현생으로 돌아가시면 김태민님이 그대로 일을 한 것이라는 것을 알게 될 것입니다."
'뭐라는 거지? 다른 정신? 근데 그게 나라고?'
도대체 무슨 말인지 이해할 수 없어 나도 모르게 복잡해진 머리를 내저었다. 헤르메스가 진정하라고 내 팔을 잡으며 들어오라고 말했다. 나는 이곳이 살짝 두렵기도 하고 설명을 이해하기 힘들어 긴장한 상태로 건물 안으로 들어갔다. 갑자기 몸에 힘이 쭉 빠지더니 갑갑한 곳에서 이제 막 나온 그것처럼 시원함과 자유로움을 크게 받고는 혼자서 움직이는 나를 보고 있었다. 유체 이탈, 그 말로만 들었던 육체와 영혼의 분리이다. 영혼은 날 수 있다고 들었는데 그건 사실이 아닌 것 같았다.
"영혼은 날 수 있죠. 하지만 김태민 님은 현재 살아있습니다. 사후 유체 이탈이 발생하게 되면 그때 날 수 있습니다. 그 이유는 죽은 후에는 이곳, 즉 하늘 세계에 혼자서의 힘으로 올라와야 합니다. 이때, 죗값이 크면 클수록 올라오는 과정이 힘들죠. 심지어는 날지 못하는 일도 있어요. 또 반대되는 경우로는 1초 만에 올라온 사람도 있죠. 죄는 언제나 지을 수 있지만 그 죄는 언제나 선행으로 사라질 수 있습니다. 참고로 신행도 악행으로 사라집니다."
헤르메스가 본격적으로 회사를 소개해 주겠다고 했다. 작은 정문을 지나니 큰 중앙홀이 나타났다. 층고가 높았다. 천장은 우물천장이고 중앙에는 큰 샹들리에가 걸려있었다. 또 바삐 움직이는 회사원들이 보였다. 헤르메스가 말하길 그들은 다 천사라고 했다.

"이 건물은 지하 99층부터 100층까지 총 199층으로 이루어져 있습니다. 먼저 지하 99층부터 가볼까요?"

띠링~, 지하 99층입니다.

"여기는 하늘 세계에 올라오면서 죗값을 다 지우지 못한 사람들이 있는 곳입니다. 죗값을 다 치르는 데 많게는 127년 적게는 2년 정도가 걸립니다. 99층에도 보듯이 여러 개의 방이 있는데 딱히 들어서 좋을 게 없으니 궁금하면 나중에 업무가 생기면 그때 와서 보십시오."

다른 층들은 딱히 그렇게 중요하지 않다고 말하며 77층에 있는 나의 개인 사무실과 100층에 있는 G.O.D의 방만 잘 기억하라고 했다. 100층에 갔을 때는 놀랄 수밖에 없었다. 헤르메스가 가리킨 곳에 서 있는 사람이 G.O.D인데 그는 바로 미국의 할리우드 유명 배우였기 때문이다. 유명 배우라 그의 목소리를 많이 들어봐서일까? 그의 목소리는 내게 많이 친숙했다.

"내가 바로 신이다. 그동안 잘 지내고 있었나? 나는 인간을 창조하고 나서부터 계속해서 인간의 삶에 개입하며 인간을 살펴왔다. 현재는 할리우드 배우, '디아구로 폴로'로 살고 있지."

아주 온화한 말투에 웃음까지, 과연 신의 아우라가 풍겨 나왔다. 뒤에서 후광이 계속 비췄고 엄청난 압도감이 느껴졌다. 마치 길을 가다가 빛나는 큰 벽을 마주한 것처럼 말이다. 그는 세상의 모든 것을 알고 있는 듯이 보였고 나는 그에 대해 궁금증이 솟구치기 시작했다.

"나이가 몇인지 궁금하다고? 나는 우주가 탄생하고 2500만 년 후 태어났다. 그 후 6억 년 동안 최초의 신이자 나의 선생님인 어머께 우주의 가르침을 받고 지구를 만들었다. 이렇게 들으면 내가 혼자 태어난 것 같지만 진짜로 너희 인간들이 말하는 우주라는 그 존재가 첫 번째 신이다. 너희는 이미 첫 번째 신을 보고 있었지. 그리고 다른 많은 '계', 예를 들면 우리 지구가 있는 태양계를 무한이라고 할 만큼 많은 형제가 만들어졌다. 대다수가 '계' 하나를 만들지만 나는 특별히 나머지 '계'를 어머니께서 직접 만들어 주셨지."

"……."

"내가 무슨 얘기하다 이것까지 말하게 됐지?"

또! 이곳에는 단점이 있다는 것을 느꼈다. 나의 마음이 다 읽힌다는 것이다.

"앞으로 열심히 일하도록!"

"네, 열심히 일하겠습니다."

"나는 그런 젊음의 패기가 좋아. 헤르메스, 가서 우리의 새로운 직원에게 일을 알려 주거라."

"네."

"이 모니터에서 김태민 님이 보호하고 관찰하고 도와주어야 할 사람을 볼 수 있습니다. CCTV 같은 것이죠. 게임처럼 느껴질 수도 있지만 그렇게 쉬운 것도 아니고 또 마음을 놓았다가는……. 대참사가 발생하죠. 업무시간에는 절대, 절대로 한눈을 팔면 안 된다는 것을 명심하십시오. 만약에 큰일이 일어나거나 김태민 님의 보호, 관리 인물 중 누군가 위험에 처하거나 죽으면 빨간불과 함께 이 스피커에서 '삐' 소리, 그러니까 경보음이 들릴 거예요. 다른 편의시설은 1, 2, 3, 4, 5층에 있고 G.O.D님이 특별히 많이 신경 써주셨기 때문에 아주 편하고 좋을 것입니다."

헤르메스는 내가 맡을 인물들을 소개하기 시작했다.

첫 번째 인물은 젤렌스키 우크라이나 대통령. 요즘 특히 주요 인물이라 나 말고도 10명의 다른 천사가 관리 중에 있다고 한다. 두 번째 인물은 아르헨티나인인 마르티고 키리히미, 세 번째는 특별히 G.O.D.님이 배정해 주신 손흥민 대한민국 국가대표 축구선수다. 그리고 네 번째는 범죄자인 페리스아카메나, 다섯 번째는 중소기업의 CEO인 권주혁, 여섯 번째는 환경운동가인 아미노, 마지막으로 젤렌스키 우크라이나 대통령보다 중요한 푸틴의 최측근인 마스케츠, 미국의 평범한 중학생 케빈 알라니로 등이 있습니다. 그중에서도 마스케츠는 현재 백 명의 천사가 같이 관리하고 있지만 안심하시지 말고 한순간도 눈을 떼서는 안 된다 했다. 마스케츠의 행동을 잘 기록하고 선점과 악점을 주어야 하며 악점만 주어서도 안 되고 자신의 주변인에게 잘해주면 선점을 주어야 한다고 했다. 인간들이 행동 실행 전에 악점을 주면 인간이 그 행동을 할 확률, 성공할 확률은 줄어들게 된다고도 했다.

긴 설명이 끝이 났다. 손흥민 선수까지는 좋았는데, 마지막 사람은 정말 아닌 것 같았다.

"아…… 참, 나는 왜 우크라이나-러시아 전쟁과 관련된 사람들이 3명이나 되는 걸까?"

눈앞에 고생길이 아프리카 대평야처럼 펼쳐져 있었다. 한숨이 나오는 상황이었지만 돈은 많이 받을 수 있었다. 또, 경험은 나를 단단하게 만들어 주리라 생각하며 열심히 해 보자고 다짐했다.

"자, 첫 번째인 젤렌스키 우크라이나 대통령은. 국민과의 소통을 잘했으니 선점, 두 번째는…… 아르헨티나인 평범한 인물인데, 어? 친구를 비하했네. 그럼 E 버튼, 악점."

4. 하늘 세계

평화로운 일요일 아침, 나는 인간 세계에서처럼 느긋하게 일어 났다. 내일인 월요일이 되면 나는 하늘 세계에서 일한 지 2주가 된 다. 그동안은 딱히 큰일이 있지는 않았다. 나는 원래대로 새로운 곳에서 하늘 세계 친구들과 동료들과 친해지고, 열심히 일하고 수 다도 떨며 즐겁게 지냈다. 그중에서도 가장 친해지게 된 아르센은 본래 인간이었다. 이라크 전쟁으로 인해 아버지를 잃고 극단적인 선택을 했다가, G.O.D가 안쓰럽게 여겨 천사가 되었다고 한다. 그 래서 그런지 G.O.D라는 글자만 봐도 눈물을 보인다. 그리고 또 하 나의 친한 천사인 크리프스타는 본래 아마존에 살던 재규어였으나 슬프게도 밀렵꾼들에게 사냥당해서 G.O.D가 안쓰럽게 여겨 천사 가 됐다고 했다.

그 둘이 없었으면 나는 하늘 세계의 생활이 무료했을지도 모른다. 어느날은 이곳 음식이 정말 맛있어서 나도 모르게 여러 번 생각 없이 먹다가 배탈로 고생한 적이 있었는데 그때 아르센과 크리프스타가 아무것도 먹지 못하는 나를 위해 죽을 만들어 주었고 기운이 없어 힘들어하는 나에게 찾아와 재미있는 이야기를 들려주기도 했다. 그들 덕에 난 빠르게 회복했다.

이곳은 아주 최고의 직장이다. 물론 상시 긴장해야 하고 눈이 빠지도록 내가 맡은 사람들의 행동들을 지켜봐야 한다는 게 쉬운 일은 아니었다. 갑자기 위급한 상황이 생기기도 하고 어떤 점수를 주어야 할지 헷갈리는 상황도 자주 발생했다. 하지만 더 힘든 것은 사람들의 추악한 모습을 이 두 눈으로 봐야 한다는 것이다. 그것이 너무나 고통스러워 이 일을 그만두고 싶을 때도 있었다. 그렇게 난 하늘 세계에 적응해 가고 있었다.

5. 케빈 알라니로

케빈 알라니로는 학교에 갔다. 언제나 그의 책상은 더럽다. 언제는 썩은 우유가 엎질러져 있었고, 언제는 과자 봉지들이 책상 서랍 안에 박혀있을 때도 있었다. 또 한번은 분필 가루가 의자에 뿌려져 있었는데 그는 그걸 모르고 앉았었다. 그 결과 그는 모든 학생의 놀림거리가 되었다. 다행히 담임선생님께서 일찍 알게 되어 그 일은 빨리 정리가 되었다.

케빈 알라니로, 미국 시카고의 한 작은 마을에서 살고 있다. 그 아이는 특별한 점은 없어 보이지만 이 중학교로 전학을 온 후 2년 동안 꾸준히 학교 폭력을 당하고 있다. 바로 유명한 부자 집안의 아들인 르미세리 스네버와 그를 따르는 학생들로부터 말이다. 스네버의 아빠는 미국의 상원의원 중 한 명이고 엄마는 변호가, 나머지 부모들도 거의 대기업 CEO이거나 의사, 판사까지 높은 지위를 가진 사람들이다.

그들의 말로는 케빈 알라니로가 잘못한 게 있다고 한다. 알라니로는 친구도 없다. 그 잘난 스네버가 학생들을 협박해서 그를 따돌렸기 때문이다. 결과적으론 케빈 알라니로는 공부에 더 집중할 수 있게 되었지만, 최근에는 그럴 수도 없었다.
"야, 어이~ 거기! 아랫놈, 야! 소리 안 들려? 이 새끼야"
"허…… 참! 어이가 없네. 야! 알라딘(알라니로의 별명이다.) 주인님이 부르면 빨리 고개 숙이고 무릎 꿇고 해야 할 거 아니야! 어! 야! 이 새끼야, 대답 안 해? 이 새끼, 이거 안 되겠는데? 참나…… 무슨 이런 거지 같은 게 있지?"
또 시작이다. 알라니로는 또다시 돈을 뺏기고 발에 짓밟히는 끔찍한 시간을 보내야 했다.
"어…… 어, 아니! 아니…… 네……."
"어? 어? 이 새끼가 제정신 아니네? 야! 누가 주인한테 '어'라고 해! 너 끝나고 따라와. 저번처럼 도망가면 죽는다."
"네……."
"어?"
"아닙니다. 네 입니다."
"이 새끼, 말대꾸하네. 너 끝나고 보자."
그들 덕분에 알라니로의 몸은 성한 데가 없다. 다행히 얼굴은 팔로 막고 있어서 멍든 곳이나 다친 곳은 없으나 다리와 팔이 매우 심각해서 누군가 이 모습을 보면 놀라 기절할 것이다. 엄마한테도 말하지 못했고 또한 선생님께도 말하지 못했다. 혹시나 부모님이 걱정할까, 혹시나 보복당할까 걱정됐기 때문이다. 학교에서 가끔 학교 폭력 실태조사를 했지만, 그저 빈 종이만 앞으로 전달했다. 그런 알라니로를 보고 있으면 아마 답답할 것이다.

왜 신고를 안 할까 싶겠지만 알라니로는 그게 중요한 게 아니라 그저 보복이 두려웠다. 스네버 그 녀석은 아는 선배, 친구, 동생들이 많다. 그 녀석과 무리가 사라지면 과연 지옥 같은 학교가 진짜 천국이 될까? 아니, 알라니로는 그렇게 생각하지 않는다. 또 다른 얼굴이 뒤에 숨겨놓은 본모습을 드러내면서 알라니로에게 방긋 미소를 지을 것이고 결국에는 똑같은 일이 발생할 것이다.

알라니로는 버티고 있다. 어떻게든 살아남으려고 큰 늪에서 더 이상 빠지지 않으려고 발버둥을 치고 있다. 조금이라도 지칠 때가 되면 먼저 하늘로 간 형을 떠올렸고 고된 일을 하면서 알라니로와 동생 두 명을 먹여 살리는 부모님을 생각했다. 하지만 최근의 일은 알라니로에게 너무 큰 고비였다. 말로는 설명하기 힘든 끔찍한 상황이 알라니로의 몸을 감싸 안았고 결국……. 알라니로는 몇 마디를 남기고는 코마 상태에 빠졌다.

"지옥에 가라 이것들아!"

이런 나쁜 놈이 있나!

나는 생각했다. 일단 내가 빠르게 악점을 주어 그 가해자들의 타격 확률을 기하급수적으로 내려 다행히도 그나마 괜찮은 정도가 된 상태다.

"누구……?"

"나는 김태민이라고 해."

"네?"

"김태민…. 아! (나는 그제야 이 친구가 외국인인 줄 알아차리고는 영어를 쓰기 시작했다) 나는 김태민이고 너의 전담 천사? 라고 해야 하나?"

"네? 그럼 저…… 혹시……?"

알라니로의 눈시울은 벌써 빨개졌다. 흰 피부 덕분에 더 빨게 보였다.

"아니, 걱정마! 죽은 건 아니고 코마, 아니 음…. 쉽게 말하자면 그냥 기절 한 거야. 아, 참고로 난 살아있는 인간인데 나의 재능으로 여기 하늘 세계에서 일하고 있어."

"……그게 그러니까 살아있는 인간이라는 거죠? 천사가 아니라."

"응 그렇지."

"천사가 아니라 인간이어도 힘은 세죠?"

"응?"

"저…… 저 좀 도와주세요. 제발 천사의 힘을 사용할 수 있으면 제발 좀 그 악마 같은 아이들을 세상에서 사라지게…… 해주세요."

알라니로의 눈시울은 또 그새 빨개졌고 나도 그 모습을 보고 울컥했다.

"물론, 친구야~ 도와주고는 싶어. 하지만 이건 너의 삶이야. 참 가혹하지? 아무도 안 도와주고. 그래도 내가 너를 조금은 도울 수 있겠다는 생각이 들어. 너 혹시 형 보고 싶지 않니?"

"만날 수 있어요?"

"당연하지, 야 네 형은 얼마나 착했으면 하늘 세계에 2초 만에 올라왔대."

"네? 그게 무슨 말……"

"어…… 그게 설명하면 좀 긴데, 들어봐……"

"여기야 네 형 있는 곳이야."

"평화의 평원?"

"그래, 죽은 사람이 여기에 와서 살다가 100년 후 다시 환생해."

"……."

"저기 있네. 네 형."

"형?"

알라니로의 형 케빈 도프시, 2년 전 교통사고로 안타깝게 먼저 하늘 세계에 왔다. 지금 그는 만나러 온 동생을 향해 손을 들어 인사하고 있다.

얼마나 감동적인 순간인가! 내가 생각해도 기획을 잘한 것 같다. 알라니로가 코마 상태에 빠진 후 2시간 동안 알라니로를 잠들게 한 후 그 중간에 회의를 했다.

어? 살짝 어긋난 듯하다. 형은 동생이 아직 도착한 것을 알지 못하고 평화의 평원에서의 다른 사람에게 인사를 한 것이다. 뒤늦게 알라니로를 알아본 형이 놀라서 물었다.

"어? 알라니로? 네가 여기 어떻게?"

"혹시 설마…… 아니지?"

"형…… 아니야 형…… 나 콩만인지 코마인지 하여튼 간에 그거래."

그는 형의 품속에서 계속 울었다. 내가 할아버지와 할머니와 만났을 때처럼.

"야! 다 큰 게 왜 울어? 형이 그렇게 보고 싶었어요? 어이구 참. 야, 인마 나는 네가 올 줄 벌써 알고 있었어. 참 그 나쁜 놈들을 내가 딱 잡아줘야 하는데. 이게 어쩔 수 없이 이런 곳에 오게 됐네……."

"형…… 놀리지 마! 지…… 진짜로 힘들단 말이야."

"야 너 멍청이야? 보복이 뭐라고 선생님께 말을 안 해? 참, 나 어이가 없어서 내가 저 김태민 님 아니 태민이가 말해주고 나서 어이가 없어서 눈물은 안 나고 화만 났어! 화만! 인마! 야! 폭력이 그렇게 어렵게 해결될 것 같으면 학교에서 그런 종이 쪼가리 뭐 하러 너한테 주겠냐? 학교에서 그걸 왜 주냐면 널 도우려고 하는 거야. 너를 그 지옥에서 영원히 빠져나올 수 있게끔 하려는 거라고. 어른은 어른이야. 그 나쁜 놈 무리랑 친한 애들 다 잡아낼 수 있어.

그리고 그 상원의원과 판사, 변호사 부모들의 삶도 무너질 거야. 결국 자식 한 명이 부모가 쌓아 온 모든 것을 무너지게 만들지. 그곳 주민 한 명이 그 녀석들을 신고했더라고. 그래서 아마 내일인가? CCTV에 찍힌 가해 모습이랑 따돌림 모습 그리고 너의 일기가 재판에서 큰 역할을 할 거야! 그렇게 일기 쓰기 싫어서 맨날 나한테 뭐라 하더니 힘드니까 적고 싶었냐? 하여튼 간에 그 녀석들 아마 부모님께 엄청 혼이 날걸?

지금까지 버텨주어서 고맙다. 이건 진짜 진심이야. 정말 고마워. 진짜! 장하다! 내 동생~ 만약 형이 또 보고 싶으면 죽거나 코마 상태에 빠지면 돼. 알겠지? ㅎㅎ 농담이고, 오래오래 건강하게 잘 살다가 먼 훗날 우리 여기서 다시 만나자! 알겠지?

가라, 힘들다. 이제 난 이곳에서 좀 쉬련다. 야 여기 참고로 인터넷도 되고 여기 플스도 있어. 아! 한판 할래? 내가 당연히 이기겠지만 변화될 우리 장군님께 특별히 져주지. ㅎㅎ"

"형 원래 게임 안 해서 잘 못 하잖아~"

"뭐라고? 참 내가 여기서 얼마를 살았는데! 너한테 지겠냐?"

"나한테 이길 수가 있겠어?"

"뭐라고 너 이리 와!"

이 평화의 평원은 항상 평화로웠다. 하지만 오늘은 두 형제의 열정과 사랑, 웃음이 이 평화 속에서 더 빛나는 보석처럼 반짝였다.
"역시 이게 나거든, 기획의 왕!"
내가 흐뭇하게 두 형제를 바라보며 말했다.
그 뒤 케빈 알라니로는 마침내 폭력의 사슬에서 풀려났고 먼 훗날 우리는 그를 초록 잔디가 드넓게 펼쳐진 축구장에서 만나게 될 것이다.

6. 아미노와 키리히미

아미노는 오늘도 팻말을 들고 서 있었다. 육지라고는 보이지도 않는 바다 한가운데에서 말이다. 그녀의 옆에는 그녀의 동료가 같이 힘을 실어 주고 있었다. 하지만 옆에 있던 큰 물체 위 사람들은 관심도 주지 않고 하던 일을 마저 끝내고 있었다. 그들은 계속 서 있는 그녀를 보면서 한숨을 쉬며 소리쳤다.
"옆으로 꺼져! 위험해! 골칫거리들."
그녀는 이 말에 무언으로 대답하며 팻말을 더 잘 보이게 들어 올렸다.
"하… 참."
그들은 그런 그녀가 귀찮기만 했다.
그녀는 그린피스 소속원으로 현재 폐기물을 바다에 몰래 버리고 있는 배 옆에서 작은 배를 타고 그들과 맞서고 있었다. 나는 그녀가 아무 말 없이 팻말만 들고 서 있는 모습이 이상하다고 느꼈으나 곧 그 이유를 알게 되었다.

SNS에 그린피스 활동 영상을 보니 그녀는 비폭력 운동을 하는 것이었다. 그저 옆에서 사람들의 양심을 쿡쿡 찌르듯이 끈기 있게 버텼다. 알라니로를 도와준 것처럼 개입하고 싶었지만, 인간 세상으로 가서 도울 수는 없어서 안타까울 따름이었다. 그녀의 SNS 계정에 들어가니 온통 자연 관련 사진과 현재 기후가 매우 심각하게 변했다는 글이 있었다. 이제 곧 다가올 겨울에 한파가 온다는 예측도 있었다. 이유는 여름 기온이 높아서라는데, 전문용어가 섞여 있어 이해하기가 쉽지 않았다. 하지만 사진을 살펴보는데 많이 심각해 보였다. 그녀의 SNS 속 사진을 통해 태평양에 쓰레기 섬이 있다는 것도 처음 알게 되었다. 걱정스러운 마음으로 계속 보다가, 이 문구가 눈에 띄었다.

'Look around carefully then you can see the Earth changing.'

나는 가만히 지켜만 볼 수 없었다. 내가 살아가고 있는 지구가 걱정되기 시작했다. 이렇게 가다간 인간은 더 이상 지구에 살지 못하게 될 것이다. 걱정된 마음으로 자연에 관련된 선점과 악점을 살펴보니 터무니없이 점수가 낮게 책정되어 있었다. 하늘 세계도 심각성을 인식하지 못한 듯하다. 고위 관직자를 찾아가 자연에 관련된 점수를 변경해 달라고 요청했으나 점수 변경이 그렇게 마음대로 되는 것이 아니라는 답변이 돌아왔다. 나는 아미노의 SNS와 그녀의 활동 영상들을 보여주고 최근 지구의 달라진 모습들을 보여주며 고위 관직자들을 설득했고 마침내 점수 변경을 승인받았다. 아미노에게는 높은 상점으로 힘을 실어 주고 환경을 파괴하던 선원들에게는 높은 악점을 주었다. 난 이 아름다운 지구를 지키고 싶었다.

키리히미는 오늘도 일하러 나왔다. 요즘 회사 일이 잘 풀리지 않기도 하고 경제도 좋지 않아 사람들이 다들 울적했다. 아르헨티나 사람들은 1년 전의 카타르 월드컵에서 승리해 잠시나마 기쁨을 누렸으나 다시 현실을 직시하고는 울적한 시기를 보내고 있다. 물가상승률은 벌써 200%를 넘었고 살기는 너무 어려워졌다. 키리히미는 집에 있을 삼 남매를 생각하며 안간힘을 썼지만, 곧 절벽에서 떨어질 것 같았다.

"키리히미, 미안하네. 우리 회사는 더 이상 버틸 수가 없다네. 경제가 안 좋아서 지금 상황에서는 회사를 유지할 수가 없어……. 미안하지만, 우리 회사는 이제 문을 닫아야 하네."

그는 회사를 나와 거리를 방황했다. 어디로 가야 할지 앞으로 무엇을 해야 할지 아무것도 알 수가 없었다. 집에 있는 가족들 생각에 눈물이 뺨을 타고 흘렀다. 어두워진 거리를 한참을 방황하다가 힘겨운 발걸음으로 집으로 향했다.

"아빠~ 다녀오셨어요?"

"어……. 그래……."

"여보~ 어서 저녁 먹어요. 오늘도 일하느라 고생 많았어요."

"어……. 근데……. "

"왜요?"

"정말 미안해……. 회사 형편이 안 좋아, 이제 더 이상 일 할 곳이 없어."

"네? 그럼 우린 이제 어떻게……. 아이들은 어쩌구요……."

이런 상황을 모르는 삼 남매는 해맑은 모습이었다. 그 아이들을 보니 정신이 번쩍 들었다. 아이들을 위해서라도 다시 힘을 내야 했다.

"내가 어떻게든 다른 일을 찾아볼게. 걱정하지 마."

키리히미는 아이들을 보며 미소 지었다.

아이들의 깔깔거리는 웃음소리가 키리히미의 집을 가득 메웠다.

오늘도 일자리를 구하러 가는 키리히미는 한 가정의 가장이며 세 아이의 아버지이고 한 나라의 구성원이다. 시간이 오래 걸릴지도 모르겠지만 키리히미는 힘든 시기를 잘 이겨낼 것이다.

그를 보고 있는 나는 안타까웠지만 어떻게 도와줄 방법이 없었다. 하지만 나에게는 선점을 줄 수 있는 권한이 있다. 힘든 상황에서도 포기하지 않는 책임감 있는 모습에 상점을 주면서 나의 어린 시절을 떠올렸다. 어릴 적 나도 가정 형편이 좋지는 않았다. 어린 나는 아무것도 몰랐지만, 그때 나의 아버지도 키리히미처럼 저렇게 힘이 들었을까?

옛 생각에 빠져있던 나는 정신이 번쩍 들었다. 마스케츠의 화면에 전투준비 상황이 포착되었다. 마스케츠에게 집중해야지 하면서도 힘들었을 아버지 생각에 어린 시절 속으로 자꾸만 빠져들었다.

7. 우·러 전쟁과 새로운 전쟁

2022년 2월 24일 미국이 속해 있는 군사적 동맹인 NATO(북대서양조약기구)의 세력 확장에 불만이 있었지만 참아왔던 러시아는 우크라이나까지 NATO에 가입하려는 낌새가 보이자 러시아 자국의 국민 보호를 명분으로 우크라이나를 침공하였다. 전문가들은 러시아가 3일 이내로 우크라이나를 점령할 것으로 보았지만 서방의 러시아 제재와 군사적 도움으로 1년이 넘게 전쟁이 끝나지 않게 되었다.

오늘도 열심히 일하는 나.

"아! 마스케츠! 이 사람을 잊고 있었어!"

그렇다. 그는 이 전쟁의 핵심 인물 중 한 명이다. 가장 중요하고 또한 가장 자세히 관찰해야 할 인물이다. 하지만 잊고 있었던 것 아닌가? 보지 않고 있으면 사이렌이 울린다고 했는데? 가장 중요하다고 했는데…. 다른 사람들의 일상에 정신이 팔려 잠시 잊고 있었다.

그 순간 급하게 전달 사항이 들렸다.
"아! 긴급공지! 현재 마크 메츠, 마스케츠가 민간 거주지역에 미사일 공습을 했습니다. 담당 천사들은 지금 당장 마스케츠에게 점수를 주시기 바랍니다. 다시 한번 말합니다. 현재 마스케츠가 민간 거주지역에 미사일 공습을 하였습니다. 담당 천사들은 마스케츠에게 점수를 주십시오."
"큰일이네! 악점을 주려면 C 버튼. 가장 높은 점수인 8900점을 주어야겠……."
"이런 망할. C 버튼은 선점 버튼인데……."
"김태민 님!"
헤르메스가 숨을 헐떡거리며 내 방문을 세차게 밀며 들어왔다.
"실수하신 거는 다시 돌릴 수 없어요!"
헤르메스가 한숨을 쉬며 나에게 말했다.
"다음에는 좀 더 신중히 주도록 하세요. 이렇게 큰 선점은 선점을 받은 인물이……."
쾅콰콰쾅! 요란한 폭격 소리에 하늘 세계까지 흔들렸다. 마스케츠의 폭격이 성공한 것이다. 나는 그 자리에 얼어 붙어버렸다. 헤르메스는 고개를 절레절레 흔들며 말했다.
"봉인되어 있던 악마들이 깨어나겠네. 100년 만에."
"네? 그게 무슨 말이죠?"
"누군가의 잘못으로 20억 명 이상을 천상으로 보내면 악마들이 깨어납니다. 우리 천사들은 그 악마들을 다시 봉인시켜야 하고 하늘 세계 사람과 하늘 세계로 올라오는 사람들을 대피시켜야 합니다. 만약 천사가 지게 된다면 6만 년 전처럼……. 죽음만이 있게 되겠죠."

나는 다시 한번 몸이 얼어붙는 것을 느꼈다.

"준비 단단히 하세요. 대전쟁이니까."

멍해진 정신 때문에 헤르메스의 말이 전혀 들리지 않았다.

6만 년 만의 전쟁이다. 뜬금없이 전쟁이라니 이상하다. 그냥 실수로 8900점의 선점 주었다고 폭격이 일어나고 악마가 나타나 전쟁이 일어나니 이상하지 않을 수가 없다. 아니 100명의 다른 천사와 같이 관리하는데 어떻게 전쟁이 일어날 수 있을까? 매우 궁금하다. 그리고 너무 두렵다. 나의 실수로 시작된 6만 년만의 전쟁.

"악마들은 인간의 내면에 자리 잡고 있습니다. 여러 가지의 이유가 있지만 전쟁은 사람들을 단시간에 공포로 몰아 악마를 깨어나게 만듭니다. 당연히 동물, 식물, 인간 모두에게 악마의 모습은 있습니다. 태어날 때부터 말이죠. 인간이 욕심을 가진 것도, 탐욕을 가진 것도, 거짓말을 하는 것도 모두 악의 본성 때문이죠. 하지만 인간은 스스로 악마를 막을 수 있습니다. 다만, 악의 방어막이 약하거나 악의 힘이 강해지는 때에는 천사가 막아주고 있습니다. 히틀러와 같이 실패한 경험도 있지만요. 어쨌든 지금은 전쟁을 준비하셔야 해요. 지금으로부터 두 달 내로 모든 악마가 깨어날 것입니다. 우리에겐 G.O.D님이 있지만 혹 악마에게 당하면 6만 년 전처럼 될 겁니다."

"6만 년 전처럼?"

"지금 마스케츠가 0.3%라는 기적적인, 그러니까 엄청난 확률을 뚫고 폭격을 성공한 것입니다. 김태민 님 제외한 다른 천사들이 악점을 높게 주었지만 0.3%는 다시 말해도 놀랍네요. 꼭, 김태민 님의 탓은 아니지만 어쨌든 다음부터 조심하세요."

한동안 우리 둘은 아무 말이 없었다.

"저도 전쟁에 참여하는 건가요?"

"네."

"네? 진짜로요?"

"김태민 님께서 확률을 높이셨으니……. 그리고 하늘 세계에 와서 전쟁이 일어나면 꼭 그 전쟁에 참여해야 합니다."

"하지만……."

"죽진 않으니 걱정하지 말아요."

헤르메스가 달래며 말했다. 그래도 너무 무서웠다. 전쟁이라니……. 이런 말도 안 되는 상황이…….

"우크라이나처럼, 우리와 북한처럼 그렇게 전쟁을?"

"아니요, 그것보다 더 크죠, 훨씬 훨씬 더욱더 크게"

이게 무슨 뜬금없이 전쟁이란 말인가? 이 젊은 나이에, 울고 싶을 정도로 어이가 없었다.

"전쟁 준비는?"

"곧 해야 합니다. 김태민 님도 전력을 다해 싸우십시오."

그 말을 들은 후 몸이 심하게 떨렸다.

"김태민 님 오늘 수고하셨습니다. 오늘의 큰 실수 말고는 다 완벽하게 하셨어요. G.O.D님께서도 칭찬한다고 하시네요."

헤르메스가 웃으며 말했다. 오늘의 업무가 끝이 났다. 실수 이후 엄청나게 고심하고 다시 확인히면서 업무를 보았더니 어깨와 손목, 허리 안 아픈 곳이 없었다. 그냥 모든 몸의 근육들이 굳은 느낌이다.

"이제 김태민 님은 현 세계로 가실 겁니다. 순식간에 없던 기억까지 오니 놀라지 마세요."

헤르메스의 퇴근 단골 멘트다. 흰빛이 다시 한번 나를 감쌌다. 현 세계로 돌아온 후 5초 뒤 오늘 편의점에서 있었던 일들이 갑자기 막 떠올랐다. 갑자기 생각난 거라 너무 당황스러웠다. 내가 겪지 않은 일이 실제로 있던 것처럼, 아니 진짜로 있었던 일이지만 몸만 기억하던 일이 나의 정신으로 들어왔다. 말로 표현할 수 없을 만큼 묘했다. 여러 번 겪은 터라 이제는 조금 무덤덤해질 때도 되었는데 겪을 때마다 혼란스러웠다.

어느 날 아침 나는 노래를 들으며 다시 하늘 세계로 갈 준비를 했다. 긴장이 덜 돼야 하는 게 정상인데 전쟁 생각만 하면 땀이 나고 한숨만 난다. 또 왜 신중하지 못했는지 후회가 컸다.

"준비되셨나요? 김태민 님?"

버튼을 누르지도 않았는데 헤르메스가 와서 당황했다. 헤르메스는 평소보다 긴장되고 초조해 보였다. 또한 걱정이 많아 보이는 표정이었다.

"김태민 님 지금 당장 가셔야 합니다. 전쟁이 시작됐거든요."

"네? 두 달 걸린다고 하시지 않았어요?"

생각했던 것 보다 훨씬 더 빨랐다. 흰빛이 다시 한번 나를 감싸 안았다. 그 뒤로 검은 그림자가 보였다. 그 검은 그림자는 나를 섬뜩하게 만들었다. 반지의 제왕 같은 영화에서만 보았던 그 대규모 전쟁이 내 앞에 펼쳐졌다. 난 구름으로 된 성에 있고 성 앞의 넓은 대지에 끝없는 붉은 빛과 검은빛의 악마들이 우리를 향하고 있었다. 난 놀란 눈으로 주변을 두리번거리며 생각했다.

'나는 여기 일해서 돈 벌려고 왔지, 전쟁하려고 온 게 아니라고! 이렇게 될지 누가 알았겠어! 이건 무슨 게임도 아니고.'

난 거의 울 지경이었다.

"악마와 천사가 같은 하늘 세계에 공존할 때 김태민 님의 몸이 있는 현 세계의 시간은 멈춥니다. 기록상 그리고 경험상 가장 길었던 전쟁은 4만 6534년 하고도 254일 23시간 6분 44초입니다."

"네?"

"평균적으로 전쟁은 2만 5000년 정도 이어집니다."

그 뒤로 헤르메스가 계속 설명을 이어 나갔지만 내 귀에 들리지 않았다.

펑!

펑!

펑!

쾅콰콰쾅! 쾅콰콰쾅!

전쟁이 시작되었다.

8. 누구를 위한 것인가?

나는 무기를 받았다. 차라리 이것이 일하라고 주는 물건이었으면 했다.

"으악"

나에게 내리쳐진 악마의 칼을 헤르메스가 막아주었다.

"조심하세요. 그리고 직접 싸우세요. 무섭겠지만요."

헤르메스는 그러고는 올라오는 악마들을 마법과 무기로 막았다. 헤르메스의 마법은 다른 악마, 천사와는 차원이 다르게 강했다. 빛이 번쩍 나는 것, 블랙홀 등 여러 강한 마법들이 파장을 일으켜 어떨 때는 나와 싸우고 있는 악마 둘을 다 같이 날려 보내기도 했다.

나는 죽었고 다시 살아났다. 이건 또 무슨 일인가? 헤르메스도 말하길 자신도 같다고 했다. 하지만 다른 악마와 천사들은 다시 살아나지 않고 죽는다고 했다. 정들었는데 정든 친구이자 동료들이 죽는다니 말이 안 된다. 헤르메스는 싸우면서 소리쳤다. 악마의 수가 많긴 하지만 천사는 그보다 많다고. 하지만 천사가 이 전쟁에서 질 수도 있다고.

"더 열심히 싸우세요!"

여기저기서 화산이 폭발할 때 나오는 것처럼 돌들이 화염과 함께 날아왔다. 난 무기로 막아 돌들을 악마 무리로 보냈지만, 영화에서 본 것의 수천 배나 달하는 그 돌들을 감히 다 걷어 낼 수는 없었다. 돌들은 순식간에 내 위로 떨어졌고 그대로 나는 죽었다.

"으악! 다시 살아났네?"

난 돌에 깔려 죽었고 다시 살아난 후 2초 만에 다시 죽었다. 다음은 악마한테 죽임을 당했고 또 한번은 매혹 악마에게 매혹당하기도 했다. 매혹당할 때는 느낌이 뭐랄까 가위눌린 느낌 같기도 했고 몽유병같이 내 몸이 마음대로 움직이지 않았다. 하지만 나의 실수로 내 동료들이 죽어가고 있는 이 끔찍한 상황이 나를 고통스럽게 했다. 눈을 질끈 감았고 어떻게든 움직이지 못하는 상태를 빠져나와 보려고 했다. 몸의 힘이 점점 빠졌다. 이렇게 난 어디로 끝없이 가라앉는 것인가? 생각도 희미해져 갔다. 몇 분이 지났을까? 헤르메스가 눈앞에 보였다.

"컥~ 컥~ 컥~"

넘쳤던 숨이 쉬어졌다.

"김태민 님! 정신 차려요! 매혹 악마에게 넘어가서는 안 됩니다. 죽음과 다르게 매혹이 되면 다시 돌아올 수가 없어요!"

"네? 하~ 감사해요!"

"감사는 나중에 하고 어서 악마들이나 막으세요!"

가라앉았던 몸이 회복되지도 않았는데 어디선가 또 공격이 날아왔다.

"우악!"

"이거 참, 무슨 공사장 아르바이트보다 힘드네!"

나는 헤르메스가 준 무기로 악마의 공격을 간신히 막고 있을 때 나의 친한 동료인 아르센과 크리프스타가 내가 힘겹게 막고 있었던 악마를 소멸시켰다.

"나 참, 내가 도와야 하는데, 도움만 받는 것 같네."

"에이~ 태민 님 괜찮아요! 자 다시 갑시…… 윽…….'"

아르센이 악마에게 당했다.

큰 갈고리가 아르센의 가슴 중앙을 뚫었고 그 위로 흰 액체가 흘렀다.

나중에 천사의 피가 흰색인 걸 알았다.

"아르센!!!"

나와 크리프스타는 죽을힘을 다해 악마를 소멸시키고는 아르센을 안전한 장소로 옮겼다.

"괜찮아요? 아르센? 아르센! 정신 차려요!"

나와 크리프스타는 고래고래 소리치며 아르센을 깨웠다.

"네…… 조금 많이 아프긴 한데…….'"

평소 밝은 모습의 아르센과는 다르게 기어들어 가는 목소리와 가쁜 숨은 상태의 심각성을 알려주고 있었다.

"어이~ 거기! 빨리 올라와서 크윽…… 막아 이놈들!"

"빨리 올라가세요…… 두 분 모두. 이…… 전쟁은 수 싸움이에요…… 그…… 러니…… 빨리"

아르센이 힘겹게 말을 이었다. 아르센을 그렇게 두고 다시 싸울 수밖에 없었다.

"야! 빨리 와!"

여기저기서 들리는 곡소리와 비명, 무너지는 소리, 폭격 소리가 나의 귀를 멍하게 만들었다. 전쟁은 시작되었고 싸우고 죽고 살고를 반복하면서 악마들을 막고 또 막고 도움을 받고 주기도 하면서 최선을 다해 싸웠다. 그때 북소리 같은 게 들렸다.

두우웅~~~ 둥~~~ 두둥~~

"휴전이다! 휴전!"

나는 그제야 한숨을 돌렸다.

"1시간 후 휴전이야! 빨리 일어나!"

"이 망할 전쟁을 계속해야 해?"

난 소리치고 또 소리쳤다. 1시간이 10년이 되는 마법을 보여주는 끔찍한 전쟁이었다. 이 끔찍한 전쟁은 언제 끝이 날까? 나는 새삼 느꼈다. 우크라이나, 러시아는 지금 전쟁 중이다. 이 전쟁이라는 건 사람이 할 짓이 아니다. 지옥 그 자체, 그게 전쟁이라는 단어를 잘 표현할 수 있는 단어인 것 같다. 지옥! 제발 내가 잘못했으니 누가, 이 끔찍한 지옥에서 벗어나게 해줘…….

"어이! 그만 휴전이다! 휴전! 휴전이라고!"

큰 북소리와 함께 끝나지 않은 전쟁, 전쟁보다 더 최악인 전쟁 '휴전'이 시작되었다.

휴전.

놀랍게도 전쟁은 2년 동안 진행되었다. 아직도 믿어지지 않는다. 참, 시간이란 게 어이가 없기도 했다. 2년간 전쟁을 치르면서 하늘 세계는 난장판이 되었다. 아름다웠던 하늘 세계는 폐허가 되었고 수만, 수천 명의 천사가 다쳤으며, 수억 명의 천사들이 죽었고 우린 그들을 더 이상 볼 수 없었다.

전쟁의 결과는 처참했다. 나의 친한 동료 중 한 명인 아르센은 죽었고 크리프스타는 심한 부상을 입었다. 다행히 지금은 점점 상태가 괜찮아지고 있다. 나의 실수로 인해서 전쟁이 일어난 거라 더 고통스러웠다. 왜 이런 전쟁을 해야만 하는 건지, 왜 내가 좋아하는 동료가 죽어야만 하는 건지 정말 화가 나서 미칠 지경이었다. 누구에게든 화풀이하고 싶었다. 지금 당장 평화의 평원에 가서 할머니와 할아버지에게 위로받고 싶은 심정이다. 울부짖는 나에게 헤르메스는 전쟁을 일으킨 인간이 잘못한 것이지 나의 잘못이 아니라면서 위로해 주었다.

나는 분단국가인 대한민국의 국민이지만 실제로 전쟁을 경험해 본 적은 없었다. 지구 곳곳에서 지금도 전쟁이 일어나고 있지만 그 전쟁들이 크게 와닿지도 않았었다. 하지만 이렇게 실제로 전쟁을 경험하면서 난 많은 것을 느꼈다. 어느 쪽에도 도움이 되지 않는 서로에게 힘들고 슬프기만 한 일이라고……. 나에게 전쟁은 다시는 듣기도 보기도 싫은 단어이자 언어가 될 것이다.

9. 안녕하세요?

아직 전쟁은 끝이 나지 않았지만 우리는 조금씩 회복해 갔다. 언제 또 일어날지 모를 전쟁을 두려워하며…….
 나는 내가 맡은 사람들을 보면서 많은 것들을 느꼈다. 슬픔, 아픔, 분노, 행복을. 하늘 세계에서 전쟁을 경험하면서 공포와 비참함도 느꼈다.
 나는 케빈 알라니로라는 작은 꼬맹이 남자아이를 전담하면서 선생님이 가지고 있는 지도력을 보았다. 그는 사람들이 거들떠보지 않는 시들어진 꽃을 일으켜 세우는 정원사의 힘을 가졌다. 나는 아미노라는 여성을 전담하면서 자연의 소중함을 알게 되었다. 그는 그린피스라는 큰 자연보호단체의 활동가이며 무력을 사용하지 않고 꿋꿋이 작은 팻말을 들고 활동했다. 이를 보면서 나는 끈기를 배웠고 침묵의 힘을 배웠다. 또 마르티고 키리히미라는 아르헨티나의 가장을 전담하면서 가족을 위한 큰 사랑을, 힘들어도 참고

견디는 의지를 배웠다.

내가 사는 세상에는 여전히 슬픔, 괴로움, 힘듦, 고통이 가득하다. 하지만 그것을 이겨낼 힘이 있다는 것을 우리는 알고 있다. 그래서 내가 사는 세상은 아름답다.

너무 많은 일들로 피곤하다.

이 하늘 세계에서의 아르바이트도 끝이 다가오고 있다는 느낌이 든다.

휴전이 끝난 오늘 나는 놀랐다. 또 그 긴 시간 동안 전쟁이라는 끔찍한 생지옥에서 살게 될까 싶었다. 다행히도 다른 행성 쪽에서 도와주어 악마들은 다시 봉인되었다.

"내게 가까이 오거라"

"네?"

"설마 날 못 알아보는 건……?"

"아니죠. 우리 G.O.D님 이죠! 신님!"

"신이 아니라 GOD다. 뭐, 그거나, 그거나 똑같다고?"

"아니…… 제 마음을…… 하하…….'

"내가 많은 사람 중에서 너를 하늘 세계의 알바생으로 왜 뽑았다고 생각하는가? 네가 잘나서? 아니다. 너의 과거가 너를 여기 데리고 온 이유다."

"네? 제 과거요?"

"너는 전생에 히틀러였다."

"네!? 제가 히틀러?"

"그래! 나는 네가 위험할까 몹시 걱정하며 너를 전담하고 있었지! 난 너의 악한 마음을 바꿔보고자 노력해봤지만 역부족이었다.

그래서 너도 알듯이 세상은 또 한 번 너무나도 큰 고통의 전쟁을 치러야 했지. 난, 네가 전생을 기억하진 못하겠지만 너의 잘못된 악행들이 세상에 어떤 고통을 주었는지 네가 직접 사람들을 관찰해보면서 느껴보기를 원했다. 하지만 지금의 너는 그때의 너와는 다르다는 것을 알았다. 원래는 비슷한 성향으로 환생하는데 참, 다행이지.

고생했다. 힘들어도 열심히 살아라. 사람들에게 배운 사랑, 행복, 슬픔, 분노, 억울, 고통, 즐거움, 두려움 다 기억하고 앞으로 너의 삶을 네가 바른길로 이끌어라. 물론 지금의 너도 너무 잘하고 있다. 나는 너와 그저 수고했단 이야기를 나누고 싶었다. 고마웠다. 전생의 네가 일으킨 전쟁을 보면서 난 인간의 본성에 대해 많은 것들이 궁금해졌다. 그래서 연구하고 또 연구했지. 그러다 보니 다양한 인간들의 마음들을 이해할 수 있게 되었단다. 나에게 열심히 일할 수 있게 그리고 많은 것들을 느끼고 이 자리까지 올 수 있게 해주어 고마웠다."

G.O.D의 많은 말들이 뒤섞여 나는 그 어떤 말도 할 수가 없었다.

"……."

"안녕, 우리 알바생! 과거의 너로 인해 시작된 전쟁을 되돌릴 수 없듯이 김태민으로 사는 지금 너의 시간도 다시 돌아오지 않는다는 것을 잊지 않기를 바란다. 그리고 이 하늘 세계에서의 일들을 기억해다오"

띠링~
"어서오세요~"
오늘도 내가 일하고 있는 편의점엔
다양한 사람들이 오고 간다.
난, 오늘을 열심히 사는 편의점 알바생 김태민이다.

차림상 8 크리스마스에 찾아온 아이

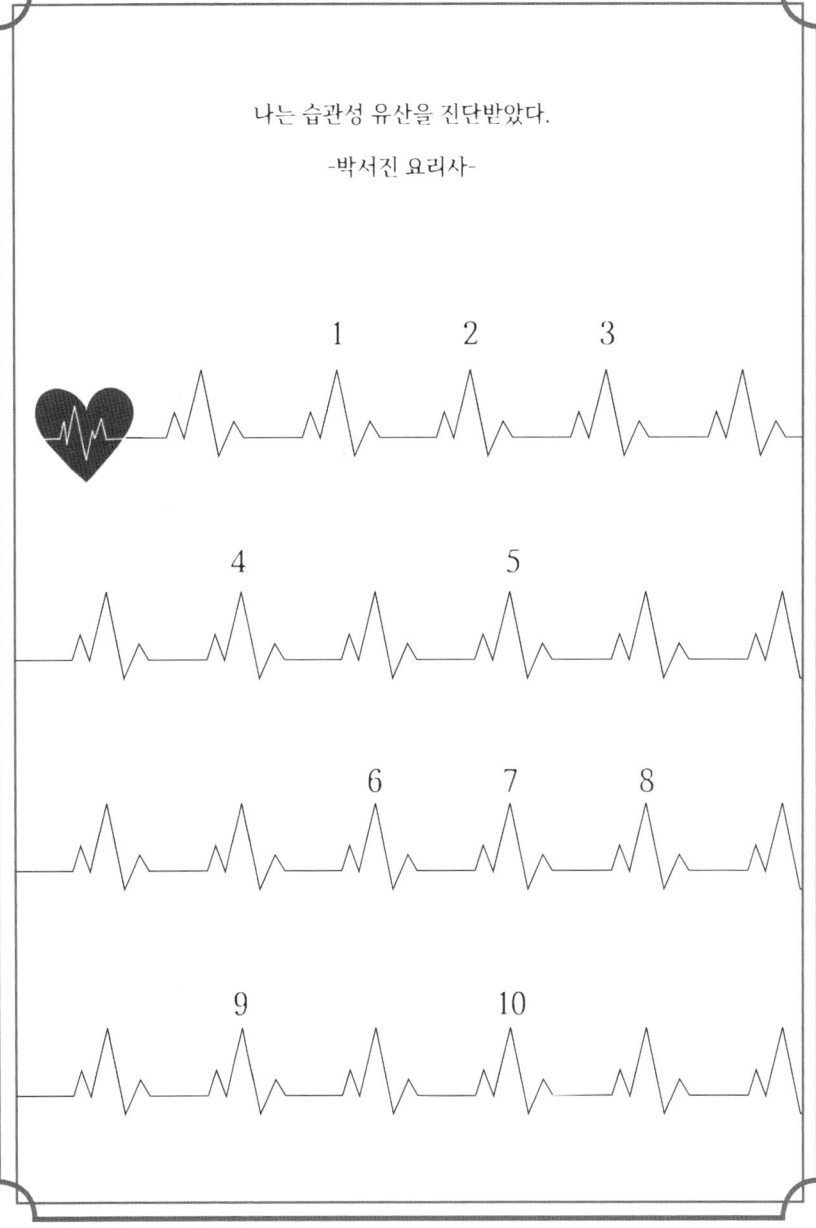

1.

2005년 3월,
"선생님, 저희 아기 괜찮은 거죠?"
"산모님… 안타깝지만 또 유산입니다. 정말 죄송합니다…."

나는 습관성 유산을 진단받았다…
 내 남편은 아이를 정말 좋아했다. 남편의 꿈은 아이와 함께 가정을 꾸려 행복한 삶을 사는 것이었다. 결혼 후 4년 만에 우리에겐 첫 번째 아이가 찾아왔다. 하지만 임신 6주 차에 갑작스러운 출혈과 함께 아이를 떠나보내게 되었다. 그 후로도 우리에게는 수많은 아이들이 찾아와주었지만, 나는 끝까지 지켜주지 못하였다. 우리는 결국 아이를 가지는 것을 포기하고 서로만 생각하며 살아가기로 하였다.

2008년 12월 25일, 집 앞에서 들리는 아기 울음소리에 나가보니 박스 안에서 작은 갓 난 아기가 울고 있었다.
"여보… 잠깐 집 밖으로 좀 나와봐."
박스 안에는 작은 쪽지 하나가 있었다.

> 제가 경제적으로 너무 어려워서
> 아이를 도저히 키울 수가 없게 되었어요.
> 정말 염치없지만 제 아이 좀 잘 부탁드릴게요.
> 이 집은 아이를 부유한 환경에서 키울 수 있을 것 같아
> 여기 두고 가는겁니다… 꼭 잘 키워주세요.

"이 시대에 누가 남의 집 앞에 아이를 버리고 가!"
"일단 추우니까 안으로 들어가자."

"여보, 내가 생각을 좀 해봤는데… 그냥 우리가 이 아이 잘 키워보자. 크리스마스 선물처럼 온 아이야. 나 이 아이 끝까지 책임지고 키워볼래."
"음… 그래. 우리가 이 아이 잘 키워보자."

그렇게 우리에겐 아이가 생겼다.

"우리 아이 이름은 율이로 하자. 내가 아이가 생기면 지어주려고 생각해놓았던 이름이야."
"그럼 우리 앞으로 율이랑 잘살아 보자!"

2.

    1982년, 나는 장난감을 사러 가자는 엄마의 말에 속아 보육원에 맡겨졌다. 처음에는 내가 와 있는 곳이 보육원인 줄도 몰랐다. 잠깐 화장실을 간다고 사라져 버린 엄마가 몇 날 며칠이 지나도 돌아오지 않자, 그때 알았다. 내가 버려졌다는 것을. 5살 그 어린 나이에 엄마에게서 버려진 나는 아침에 일어나면 하루 종일 엄마를 찾으며 울기만 했다. 며칠을, 몇 개월을 엄마를 찾으며 울부짖었지만, 엄마는 다시 돌아오지 않았다.

    내가 12살이 되었을 무렵 우리 보육원에 나와 동갑인 수현이라는 남자아이가 들어왔다. 수현이를 처음 보았을 때, 수현이는 8년 전 나처럼 하루 종일 울기만 했다.
    '그렇게 울어도 엄마는 다시 안돌아와..'
    나는 수현이에게 다가가 내 이야기를 들려주었다.
    "수현아. 나는 5살 때 여기 버려졌어.. 엄마가 장난감 사러 가자고 해놓고선 여기다 버리고 갔어. 그땐 나도 너처럼 하루 종일 울기만 했어. 근데 다시 안돌아오더라… 너도 너무 울기만 하지 말고 너를 위해서 뭐라도 해봐. 밥 많이 먹고 힘내서 좋은 어른이 돼야지."

 수현이는 내 말을 듣고 그날부터 밥도 잘 먹고 공부도 열심히 하기 시작했다. 그렇게 우리는 친해지게 되었다. 갑자기 엄마생각에 눈물을 흘리면 항상 옆에서 위로해 주었다. 우리는 서로의 친구이자 가족이였다. 우리가 성인이 되어 보육원을 나와 24살이 되었을 때, 우리는 평생을 함께 하자며 조금 이른 나이에 결혼을 했다. 아무것도 가진게 없었던 우리는 대학교를 다니며 밤낮으로 알바를 하며 생활비를 벌었다. 대학교를 졸업할 즈음 모두들 직장을 구하고 있을 때, 우리는 우리처럼 버려진 아이들을 위하여 보육교사가 되기로 했다. 부모로부터 버려지는게 얼마나 가슴아픈 일인지 누구보다 잘 아는 우리였기에 다른 보육교사를 보다 더 잘 아이들을 돌볼 수 있을 것 같았다. 또, 수현이는 아이들을 정말 좋아했다. 그래서인지 보육교사라는 직업은 우리에게 정말 잘 맞았다.

 아이들을 돌보며 일을 하다보니 문득 그런 생각이 들었다.
 '내가 보육원을 운영해보는건 어떨까…'
 나와 수현이는 대출을 받아 작은 보육원 하나를 설립했다.
 "우리 진짜 잘 운영해보자 수현아!"

 우리는 점점 안정된 삶을 살기 시작했다. 작은 옥탑방에서 시작한 결혼생활은 어느새 좋은 아파트로 이어졌다.
 "내가 여기까지 올 수 있었던건 나 네 덕분이야 솔아. 우리 잘살아 보자."

3.

보육원을 운영해서일까. 율이를 키우는건 그리 어렵지 않았다. 모두들 엄마는 처음이라 많이들 힘들어 한댔지만 나는 능숙하게 잘 키워나갔다. 율이가 걸음마를 떼고, 말을 하기 시작하고… 정말 엄마가 된게 실감이 나지 않았다. 나에게도 이런 행복한 일들이 생겼다는게 믿기지가 않았다.
"수현아. 나 요즘 너무 행복해. 이렇게 아이도 생기고 포근한 집에서 너랑 아이랑 셋이 지내는게 정말 꿈만 같아."
"나도 그래 솔아. 앞으로도 지금처럼 행복했으면 좋겠다."

시간이 흘러 율이는 중학생이 되었다.
"우리 율이가 벌써 중학생이라니. 오늘 학교 잘 다녀와 아들! 학교 갔다와서 우리 맛있는거 먹으러 가자."
"좋아! 우리 오늘 치킨 먹자. 그럼 다녀오겠습니다!!"

아직까지 우리는 율이에게 율이가 입양된 아들이라는 것을 말하지 않았다. 혹시라도 너무 큰 충격을 받을까봐 말하지 못했다.
"여보… 이제 율이도 중학생인데. 우리 율이한텐 언제 다 말하지?"
"아직은 말하지 말자. 이제 막 중학교 입학했는데… 아직 율이가 감당하기 어려울거야."

"다녀왔습니다~"
"율아, 오늘 어땠어? 친구들은 많이 사귀었어?"
"응! 오늘 완전 재미있었어. 친구들도 다 착하고 선생님도 좋은 분이셨어!"
"우와~엄청 신났네 우리 율이? 이제 치킨 먹을까?"
"응응!"

'그래… 이렇게 순수한 아이한테 어떻게 그런 말을 꺼내…"

4.

요즘 율이가 조금 이상하다. 사춘기가 온 것일까. 말 수도 줄어들고 예전처럼 나와 남편 앞에서 잘 웃지도 않는다.
"수현아… 요즘 율이가 조금 이상해."
"지금 사춘기라서 그런걸거야. 율이 나이때에는 다 그래."
"그런거겠지…? 혹시 나쁜 친구들이랑 어울려 노는건 아니겠지?"
"아닐거야. 너무 걱정하지 마."

그러던 어느날, 시험기간이라며 친구들과 스터디를 하고 늦게 들어온 날이였다. 나는 율이가 걱정이 되어 잠에 들지 못하고 쇼파에 앉아 율이를 기다리고 있었다. 새벽 1시가 되어서야 들어온 율이는 나에게 인사도 하지 않고 방으로 들어가 방문을 잠그었다.
'저게 진짜…'

똑똑똑

"율아~ 엄마 들어가도 돼?"

틱

"율아, 수고했어. 늦은시간까지 힘들었겠다."
"…"
"… 율아 옷 좀 줄래? 엄마 빨래해야해서."

율이의 겉옷을 받는 순간 주머니에서 무언가가 느껴졌다.
'이게 뭐지?'
담배였다. 너무 놀라 아무 생각도 들지 않았다. 어쩌다가 우리 율이가 이렇게 되었을까. 분명 몇개월 전까지만 해도 밝게 웃던 아이였는데. 혹시 학교에서 질 나쁜 아이들과 어울려 다니는 것은 아닐까. 오만가지 생각이 다 들었다.

다음날, 율이 앞에선 모르는 척 하며 율이의 외투를 다시 돌려주었다. 담배는 빼 놓은 채로. 율이는 주머니를 뒤적거리더니 당황한 눈치로 나에게 말했다.
"엄마… 여기 주머니에 뭐 없었어?"
"주머니에? 뭐 없었는데?"
"아… 알겠어."
그리고 율이가 학교에 갔을 때 수현이에게 말해보았다.

"수현아…사실 어제 율이 주머니에 담배가 있었어. 오늘 아침엔 모르는 척 하면서 넘어갔는데. 진짜 어떻게 해야할까? 우리 율이가 언제부터 저렇게 되었을까?"
"뭐? 담배? 우리 율이가?"
"우리 오늘 율이 집에 오면 진지하게 이야기 좀 해볼까?"

율이는 오늘도 친구들과 스터디를 한다며 늦게 들어온다고 연락이 왔다. 남편과 나는 율이가 들어올때까지 식탁에 앉아 기다렸다. 새벽 2시, 오늘은 어제 보다 더 늦게 들어왔다.
"아니 그 xxx 너무 꼴보기 싫지 않냐? 냄새도 xx 나고 xxxxxxxx"
"율아…"
"율이 너 그게 무슨소리야?"

5.

"아니 그게…"
"너 질 나쁜 친구들이랑 어울려 다니는건 아니지?"
"질 나쁜 친구들이 뭔데? 그게 어떤 친구들인데?"
"뒤에서 친구 욕하고 술, 담배하는 애들이지."
"… 사실 3개월 전부터 일진무리 애들이랑 어울려 다녔어. 처음에는 그런 친구들의 관심이 좋았어. 말 한번 걸어준게 다인데 괜히 나까지 반에서 서열 높은 애가 된 것 같았어. 그래서 걔네들의 관심이 싫진 않았어. 같이 어울려 놀다 보니까 술, 담배까지 따라하게 됐어. 엄마도 봤잖아, 내 겉옷 주머니에서. 나 지금 학교생활이 너무 재미있어. 그냥 나 좀 내버려두면 안될까?"

짝!

수현이가 율이의 뺨을 때렸다.

"여보!"
"너 지금 그게 엄마, 아빠 앞에서 할 소리야? 네가 양아치새끼야? 술, 담배? 네 나이가 몇인데 벌써부터 그런짓거리를 하고 돌아다녀? 너 스터디 한다는것도 다 거짓말이지?"

처음이였다. 율이를 그 누구보다도 끔찍이 아끼는 수현이가 율이의 뺨을 때렸다.

"난 너같은 자식 둔 적 없으니까 당장 나가!"
"그래. 나갈게. 어차피 친자식도 아닌데. 잘됐네. 이제 진짜 자식 낳아서 잘 먹고 잘 살아. 지금까지 키워줘서 고맙고."

어?

6.

내가 중학교에 들어오고 나서 2개월이 지났을때였나? 큰방 옷장에서 이불을 꺼내다 한 서류를 보았다.
'입양 동의서…?'
내가 입양된 자식이라는 것을 그때 처음 알게되었다. 입양 동의서를 보자마자 나는 엄마, 아빠한테 왜인지 모를 배신감이 느껴졌다.
'어떻게 아무 말도 안해줄 수가 있어… 어떻게…'
나는 그때부터 삐뚤어지기 시작했다. 일진 무리 친구들이 같이 놀자고 하면 거절하지 않고 항상 함께 놀았고, 함께 놀다 보니 자연스레 나도 술, 담배를 배우게 되었다. 물론 이 사실을 알게 되면 엄마, 아빠가 실망할 것을 알고 있었지만 오히려 나는 그걸 바라고 있을 지도 모른다. 새벽까지 친구들과 노래방에서 놀고 들어간 날, 엄마가 내 방에 들어와 나의 겉옷을 가지고 나갔다.

'헐… 거기 담배 들었는데. 어떻게 하지? 큰일났네…'

실수로 담배를 주머니 안에 넣은 채로 옷을 주고 말았다. 다음 날 나는 크게 혼날 줄 알았지만 엄마가 찾지 못했는지 아무 말 없이 지나갔다. 오늘도 친구들과 새벽까지 놀고 들어갔다. 집에 들어가는 길에 친구들과 전화를 하고 있었는데 큰방에서 자고 있을 줄 알았던 엄마, 아빠가 식탁에 앉아 있었다. 눈치 못챈 줄 알았는데… 아빠는 화가 머리 끝까지 나있는 상태였다. 아빠와 말다툼을 하던 도중 나는 마음과는 다르게 거친 말이 나가버렸고 결국 집을 나가게 되었다.

"여기 카드 꽃아주세요."

갈 곳 없는 내가 온 곳은 24시간 열려있는 편의점. 이것저것 먹으며 게임 방송을 보고 있던 도중 엄마, 아빠 보육원 강사쌤으로부터 전화가 왔다.

7.

따리리. 따리리.

"율아 너 지금 어디니? 율아… 놀라지 말고 잘 들어. 지금 네 엄마랑 아빠가 너 찾으러 가다 교통사고가 났어. 둘 다 긴급수술 들어갔고 이제 곧 나올거야. 여기 이산병원이거든? 찾아올 수 있지?"

갑작스러운 사고 소식에 나는 바로 병원으로 뛰어갔다. 수술실 앞에는 보육원 선생님들이 계셨다.
"율아 놀랐지? 이제 곧 나오실거야. 조금만 기다려보자."

하지만 몇시간이 지나도 엄마와 아빠는 수술실에서 나오지 않았다.

'하…내가 왜 그랬을까. 무조건 잘못했다고 빌었어야지. 진짜 집을 나가면 어떡해. 나때문에… 나때문에 엄마, 아빠가 다쳤어…'

내가 왜 그렇게까지 나쁘게 말했는지 생각해보면… 나는 내가 엄마, 아빠로부터 버려질까 두려웠던 것 같다. 입양 동의서를 봤을 때, 엄마, 아빠가 내 친부모님이 아니라는 것을 알게 되었을 때, 순간적으로 느낀 그 배신감이 아마 내가 버려질것이라 생각했기때문인 것 같다.

'제발… 수술 잘 되게 해주세요. 진짜 앞으로 술, 담배 이런거 안하고 착하게 살게요.'

8.

"수술 결과는 아주 좋습니다. 절대 안정 취하시고 저는 내일 다시 오겠습니다."

눈을 떠보니 한 병원의 병실이였다. 옆에는 수현이도 같이 누워 있었다.
"이게 어떻게 된거지? 기억이 하나도 안 나…"

"원장님, 깨셨어요? 어제 교통사고가 조금 크게 나서 두분 다 응급수술 들어가셨어요."
"우리 율이는요? 지금 어디 있어요?"

그때 율이가 울먹이며 병실로 들어왔다.

"엄마! 아빠!"

얼마나 놀랬을까…

"내가 진짜 잘못했어. 앞으로 술, 담배도 다신 안하고 엄마, 아빠 말도 잘 들을게. 제발 죽지마… 엄마, 아빠 없으면 난 어떻게 살아…"

율이를 달래주고 우리는 말을 나누었다.
"율아, 근데 너 그건 언제부터 알았던거야?"
"이불 가질러 큰방에 가서 옷장을 열었는데 거기서 입양 동의서를 봐버렸어. 나 보육원에서 데리고 온 자식이야?"
"율아 지금부터 잘 들어."

9.

"사실 엄마랑 아빠는 보육원에서 자랐어. 엄마는 5살때, 아빠는 12살때 보육원 문 앞에 버려졌어. 부모로부터 버려지는 것이 얼마나 가슴아픈 일인지 다른 누구보다도 더 잘 알고 있던 우리는 대학교를 졸업하고 보육교사가 되었고, 그 후에는 보육원을 설립해서 많은 아이들을 도와주며 살고 있었어. 엄마랑 아빠가 결혼하고 나서 참 많은 아이들이 엄마 품에 왔었는데, 엄마는 그 아이들을 끝까지 지켜주지 못하였어. 그렇게 시간이 흘러 2008년 12월 25일 집 앞에서 아기 울음소리가 들려 나가보니 우리 율이가 박스 안에서 울고있었어. 경제적으로 힘든 상황때문에 우리 율이를 키울 수 없게 되었다고 꼭 잘 키워달라는 쪽지가 들어있었어. 너를 보자마자 나는 너를 끝까지 책임지고 키워야겠다 생각했고 그렇게 율이는 엄마와 아빠의 둘도 없는 소중한 아들이 된거야. 너무 늦게 말해줘서 미안해 우리 아들…"

4주 후, 우리는 빠르게 회복하여 퇴원할 수 있었다.

10.

 퇴원 후 우리 일상은 조금 바뀌었다. 율이는 예전처럼 일진 무리 친구들과 어울려 다니지 않았고 다시 웃음을 찾을 수 있었다. 하지만, 담배는 끊지 못했다.
 "율이 너, 설마 아직도 담배 못 끊었니?"
 "죄송해요… 이게 제 맘대로 끊어지지가 않아요."
 우리는 율이가 담배를 끊을 수 있게 옆에서 도와주었고, 율이는 그런 우리를 보고 담배를 끊는 데에 성공했다.

 "정말 아직도 꿈만 같아. 율이와 함께 이렇게 가정을 꾸려 사는 게."
 "엄마, 아빠. 사랑해요."

보육원에 버려진 내가 이런 행복한 삶을 살 수 있었던 건 정말 꿈만 같은 일이다. 2008년 12월 25일, 크리스마스에 찾아온 우리 아기 율이. 우리 가족, 앞으로 행복만 하자!

후식

작가의 말

이재은 요리사

안녕하세요, 〈세상에서 가장 작은 도서관〉을 집필한 이재은이라고 합니다. 15년 인생을 살며 이렇게 긴 작품을 쓰게 될 줄은 꿈에도 몰랐는데, 책출판 동아리라는 좋은 기회를 만나 이런 진귀한 경험을 하게 된 것 같아 굉장히 기쁘네요. 물론 그 과정이 절대 힘들지 않은 것은 아니었습니다. 몇 시간을 컴퓨터 앞에 앉아 키보드를 두들기며 이제껏 썼던 글을 점검하는 많은 고민과 노력이 들어갔으니까요. 이따금 글 쓰는 것을 그만둬버리고 싶기도 했지만, 모든 것을 끝냈을 때의 성취감과 기쁨이 더 앞서는 것 같습니다.

그렇지만 나름의 걱정도 함께 뒤따랐습니다. '남들이 보기에 너무 미숙한 글은 아닐까', '이게 정말 최선일까', '이 책이 사람들에게 좋은 영향을 끼칠 수는 있을까' 하는 걱정이 가장 많이 들었던 것 같아요. 그럴 때마다, 책출판 동아리 담당 선생님, 박신영 선생님께선 '잘 해야 한다.'라는 부담감을 내려두고 있는 그대로의 나를 쓰라고 하셨습니다. 그 말은 저의 글쓰기에 있어 가장 큰 영향을 미쳤습니다. 덕분에 저는 저의 글에 조금이라도 더 몰두할 수 있었고, 마음이 가벼워지니 자신감과 자존감을 더 기를 수 있었습니다. 중학교에서 특별한 추억을 만들어 주시고 많은 도움을 주신 박신영 선생님, 또한 훌륭한 작품을 만들어주신 우리 책출판 동아리부원들께도 깊은 감사의 인사를 전합니다.

김보민 요리사

휘몰아치는 시험들, 수행평가들로 인해 바쁜 학교생활을 하며 하루하루를 보내는 월암중학교 2학년 김보민입니다. 평소 과학에 흥미를 느끼며 관련된 소설을 써보고 싶었어요. 그리고 그 소설 속에 제 생각들을 스며들게 하고 싶었지요. 소설을 처음 써보는 거라 많이 서툴렀고 힘들었으나 창작의 고통 속에서 길을 찾아 헤매고 있었던 날이 주마등처럼 스쳐 지나갈 땐 그 아픔들이 모두 사라지는 기분이 들었어요.

어느 사람이나 가지고 있는 비밀은 있습니다. 그 비밀을 직접 만들게 될 수도 있지만, 의도하지 않게 비밀을 가지게 될 수도 있어요. 관 속까지 가지고 가고 싶은 비밀을 가지게 된 사람에게 이 말을 꼭 전하고 싶어요. 중학교 1학년 입학식 때 갑작스럽게 자신의 도플갱어를 만나게 되어 당황하고 왠지 모를 두려움에 떨고 있었을 최율과 김지온처럼 여러분에게는 상상도 못 할 일들이 일어날 수 있어요. 그 비밀들에 의해 많이 무서워지고 다른 사람들 앞에 서는 것이 힘들고 벅찰지도 몰라요. 그래도 여러분이 하고 싶은 것들을 하고 사랑하는 사람들을 생각하며 이겨내 보아요, 율이와 지온이처럼! 그리고 절대 잊지 말아 주세요, 여러분 곁엔 여러분들을 응원하고 묵묵히 기다려 주는 사람들이 있다는 걸요.

여러분들도 이 소설을 읽으시면서 아픈 기억을 딛고 일어나길 바랍니다.

김륜아 요리사

나이: 16세 중3

오랜 꿈: 하고 싶은 걸 하고 원하는 걸 이루고 건강하게 사는 삶

좌우명: 뭐든 하고 보자

나의 취미: 운동(매일 다름)

내가 좋아하는 가수: 권지용 (빅뱅의 GD)

내가 좋아하는 음식: 다 좋아한다

이 책을 읽을 당신에게:

중3이라는 어쩌면 별거 없는 나이, 친구들과 노는 게 가장 좋을 나이.

조현지 요리사

나이: (23년 기준) 중3 입니다 :)
좌우명: 시간은 금이다
나의 취미: 시험 끝나고 드라마 보기, 책 읽기
내가 좋아하는 음식: 마라탕

일단 제 글을 읽어주신 모든 분들에게 감사의 말씀을 전합니다. 또한 제가 글 쓰는 것에 관심을 가지게 도와주신 박신영 선생님께도 감사의 말씀을 드립니다.

이 글은 단순히 제가 친구를 따라 진천동 우체국에 갔다가 본 어느 아저씨의 모습을 바탕으로 만들어진 글입니다. 그 아저씨는 저희에게 너무나 따스하게 소포 보내는 법을 잘 알려주셔서 저에게 굉장히 인상 깊게 다가오셨던 것 같습니다. 그래서 그런지 저는 이 글이 굉장히 술술 써졌던 기억이 있습니다.

책출판 동아리에 들어와 많은 친구들의 글을 읽고 비평을 하며 제 글을 고쳐나가는 과정 또한 굉장히 저에게 뜻깊은 추억이 되었던 것 같습니다. 제가 알지 못했던 글 쓰는 방법과, 다른 사람들의 관점에서 보는 제 글의 특별한 점 그리고 고쳐나가야 할 점들을 알아가니 정말 소중한 느낌을 받는 것 같습니다.

비록 저에게 월암중학교 생활은 얼마 남지 않았지만 이 책이 오랫동안 월암중학교 도서관 한켠에 마련될 거라 생각하니 마음이 따뜻해지는 것 같습니다. 다시 한번 제 글을 읽어주신 모든 분께 감사의 말씀을 드리며 제가 지금보다 더 성장해 글을 쓰게 된다면 그 글들도 많은 관심을 가져주셨으면 좋겠습니다. 감사합니다.

이정하 요리사

인간이란: 나에게 인간이란 존재는 그저 동물들보다 조금 더 영리하고, 조금 더 빨리 진화한 동물일 뿐이다. 우리에게는 그저 더 영리하고 발달된 뇌로 우리랑 다르다는 동물들을 우리들의 하위에 두고, 우리의 행복과 삶을 위해 먹으면서 영위를 취하는 동물이기만 하다고 생각한다.

– 『역행자』 중에서 –

안녕하세요. 월암중학교 08년생 중3 이정하입니다.

저는 월암중 책출판 동아리에 들어오기 전에도 예전부터 글쓰기에 관심이 많았어요. 좋아하는 소설에 내가 만든 캐릭터를 넣어서 자연스럽게 연관도 지어보고, 아이디어가 떠오르면 메모하기도 하였지요. 그러나 완성된 소설로 쓰지 못하였습니다. 그러다 책출판 동아리에서 본격적으로 소설을 쓸 기회를 만났습니다. 지금까지 아이디어만 만들어 놓은 소재들을 갈고닦아 완성된 작품으로 만든 것이 바로 이 소설이에요. 그러니 이 소설은 제가 처음으로 소설을 쓰게 되는 계기가 된 것이지요. 이 소설 외에도 스토리 제작 단계에 있는 미완작이 있습니다.

처음 소설을 썼을 때 이런 이야기들을 들었습니다. '왜 이렇게 기냐?', '분량 좀 줄여라.' 같은 말들이었지요. 그런데 전 길게 쓰는 것이 나쁘다고 생각하지 않습니다. 글을 길게 쓴다는 것은 글 쓴 사람의 생각이 그만큼 깊다는 의미이니까요. 아이디어는 언제나 작가에게 축복이에요. 아이디어가 없는 글은 고치기가 힘들지만, 소설을 구성하는 실력이 조금 부족하다 하더라도 아이디어가 많은 경우, 그것이 완성된 소설이 될 확률이 높다고 생각하는 편이에요.

제 글을 읽어주셔서 감사합니다. 언제나 당신의 세계에 축복을 빕니다.

박시후 요리사

나이: 16세
좌우명: 한다면 한다
나의 취미: 코딩하기, 작품 만들기

내가 좋아하는 음식: 라면 글에서 주로 나오는 김민수, 최상석, 이하연은 사실 모두 내 어린 시절을 본따서 만든 것이다. 어쩌면 이 셋이 합쳐지면 나 즉'박시후'가 될지도 모른다. 비록 나는 현재 16살이지만 내 꿈을 향해 나아가는 상상을 하며 고등학생 시절의 이야기와 25살이 되어 GH기업의 대표가 된 김민수의 모습을 그려냈다. 현재 나는 김민수가 되기 위해 프로그래밍을 독학으로 공부하고 있다. 이 소설에 나오듯 실제로 나는 많은 어려움을 겪었고 이를 헤쳐나갔다. 앞으로 어떤 어려움이 와도 김민수처럼 이겨내고 싶다. 최상석에 대해 이야기 하자면 나는 실제로도 사서 일을 한다는 말을 많이 듣는 편이다. 그냥 이런저런 일을 하면 재밌다. 그래서 이를 강조하기 위해 최상석의 학창 시절 이야기에서 이를 녹여냈다. 이로써 이 글을 쓰며 내가 앞으로 학창 시절을 어떻게 마무리해야 할지 길이 잡히는 기분이었다. 처음으로 써보는 소설이어서 나름 어색한 부분도 많았는데 이 또한 즐거운 경험이 되리라 생각한다. 즐거웠다, 김민수.

권도훈 요리사

글 적기를 좋아하는 권도훈입니다. 글을 좋아하게 된 계기는 여러 판타지 소설을 읽으면서입니다. 나도 만 번 글을 적어보자는 생각으로 글을 적다보니 저만의 세계에 빠지게 되었습니다.

소설을 많이 적어보지도 못한 소설가라 소설이 이상할 수도 있지만 이쁘게 봐주시길 바랍니다.

이 소설은 어떤 한 영화에서 영감을 얻어 주인공이 하늘세계에서 일을 하면서 여러 사람들의 일상을 바라보는 이야기로 전개됩니다. 비록 적다보니 다른 사람의 사연은 1개이고 전쟁이야기가 많이 나왔습니다.

그럼에도 불구하고 이 하나의 사건에 엄청나게 많은 의미가 있음을 살펴보면서 읽어주세요.

우리 사회에는 문제가 언제나 생깁니다. 유토피아가 될 수 없지요. 우리는 그런 경쟁과 싸움, 문제로 세상을 더 아름답게 활기차게 만들어줍니다. 경쟁은 발전을 싸움은 화해를 통한 단합력을 문제는 해결을 통한 더 나은 사회를 우리에게 안겨줍니다. 소설을 읽으며 제가 적지 못하였던 여러 문제들을 한번 고민해보는 시간을 가지는 건 어떨까요?

박서진 요리사

누구에게나 힘든 순간은 있기 마련입니다. 그런 순간들을 극복하기 위해 우리는 노력하죠. 하지만 아무리 노력해도 우리 힘만으로는 극복하기 어려울 때가 있습니다. 바로 그때, 우리는 기적이 일어나길 기도합니다.

안녕하세요. 우선 〈크리스마스에 찾아온 아이〉를 읽어주신 분들께 감사의 인사를 드립니다. 저는 평소 책과는 거리가 먼 학생이었습니다. 그러던 어느 날, 우연히 복도에 붙여진 책 쓰기 동아리 참여 공지서를 보았습니다. 책을 써본 적이 없던 저는 호기심이 생겨 동아리에 참가하였고, 그렇게 지금의 〈안다미로〉를 출간하게 되었습니다. 처음 써보는 소설에 어떻게 써내려 가야 할지 막막했고 두려웠습니다. 더군다나 중학교 3학년은 입시도 준비해야 하는 시기라 시험공부, 수행평가 때문에, 책에 많은 시간을 할애할 수 없었습니다. 제 소설이 지루하고 어색하더라도 앞으로 나아질 제 실력을 응원하며 좋게 봐주시면 좋겠습니다!

〈크리스마스에 찾아온 아이〉는 습관성 유산을 진단받은 주인공에게 크리스마스 당일 기적처럼 소중한 생명, 율이가 찾아와 함께 살아가는 이야기입니다. 여러분은 기적이 존재한다고 생각하시나요? 저는 누구에게나 기적 같은 일이 인생에서 한 번쯤은 일어난다고 생각합니다. 지금 이 책을 읽고 계신 여러분들에게도 기적 같은 일들이 먹구름처럼 몰려와 무지개처럼 나타나길 바랍니다!

에필로그

　책, 『안다미로』를 내기까지는 정말 많은 과정이 있었습니다.

　2023년 우리 책출판 동아리 작가들은 학교와 학원을 오가며 중간고사, 기말고사, 수행평가를 치르는 바쁜 일정 와중에 소설을 써내며, 동아리 친구들과 소설을 바꿔 읽으며 고치고, 선생님께 다시 피드백을 받았지요.

　그땐 글을 좀 더 알차게 만들자는 생각만 가득했지요. 하지만 지금 생각해 보면 그렇게 컴퓨터 앞에 앉아 있는 시간 동안 우리가 바라본 것은 단순히 글이 아니라 글 너머에 있는 우리 존재였던 것 같습니다. 그 순간들은 우리를 성장시키는 아름다운 시간이었을 겁니다.

　에필로그를 쓰는 지금, 책을 쓰는 시간이 우리에게 어떤 의미였는지 돌아봅니다.

　그것은 글을 넘어 자기를 창조하는 이 글쓰기 작업의 진가를 알게 되는 시간이었습니다. 스스로 성찰하는 시간을 갖게 되어, 벅차고 뿌듯한 감정을 느껴보는 건 덤이었지요. 선생님께 교정받기 전에는 마냥 글을 빨리 고치고 제출하는 게 목표였습니다. 하지만 교정을 받은 후, 스스로의 글을 깊이 있게 관찰할 수 있는 관점을 가지게 되었습니다. 그것이 다시금 가슴 벅찬 경험이었습니다.

우리는 책을 만들면서 강미 작가님을 만나기도 했었지요. 소설가 선생님과 함께 우리 소설을 함께 읽어나가며, 소설을 어떻게 고쳐 쓰는지, 어떻게 하면 더 나은 글이 되는지 알게 되었습니다.
　　작가님과 저희 글을 이야기할 때는 정말 많은 감정이 오갔습니다. 작가님을 만나는 것 자체가 우리 중학생에겐 쉽지 않은 일입니다. 그런데 저희 글을 작가님이 함께 읽고 피드백을 해 주셨으니까요.
　　평소에는 느끼지 못했던 이야기의 구성과 흐름에 대한 가려움을 알게 되었습니다. 그리고 그 가려움을 시원하게 긁어주는 느낌이 들었습니다. 글을 쓸 때 보완해야 할 점을 알아가면서 더욱 완성도 있는 작품을 만들 수 있었습니다.
　　작가님께 감사한 마음을 전하고 싶습니다. 작가님은 글을 통해 저희가 표현하고 싶은 말을 더 잘 표현할 수 있도록 도와주셨습니다. 더불어 저희가 성장할 수 있도록 도와주신 선생님과 학교, 그 너머에 계신 선생님들께도 깊은 감사의 말씀을 드립니다.

2023년 12월
책출판 동아리 일동

안다미로
ⓒ 대구광역시교육청

초판 1쇄 인쇄	2024년 2월 8일
초판 1쇄 발행	2024년 2월 8일
엮은이	박신영
지은이	이재은, 김보민, 김률아, 조현지, 이정하, 박시후, 권도훈, 박서진
펴낸곳	여행자의 책
책임편집	박주연
디자인	전은경, 임수진
주소	대구 동구 불로동 1000-51
전화	053-219-8080
이메일	2198080@naver.com

내용의 일부와 전부를 무단 전재하거나 복제를 금합니다.